学校では教えてくれない日本文学史

清水義範

PHP文庫

○本表紙図柄＝ロゼッタ・ストーン（大英博物館蔵）
○本表紙デザイン＋紋章＝上田晃郷

まえがき

日本文学について、気楽なよもやま話をしてみようと思う。文学論をこねくりまわす、という感じにはならないようにして、名作の楽しみ方をあれこれとりざたしてみよう、という計画だ。その作品を読んでいる人にとっては、うん、あそこは面白かった、と合点してもらえるような、読んでいない人にとっては、そんなにいいのなら読んでみようかな、という気がしてくるようなおしゃべりを、心のおもむくままにやってみるのだ。

本書は、ＰＨＰ新書の『身もフタもない日本文学史』を底本としている。この程度の分量の本で日本文学を語るなんてことは到底無理なのだけれども、そこを思いきってえいやっとやってしまおう、というところから、『身もフタもない日本文学史』という書名にしたのだが、文庫化にあたって改題した。『学校では教えてくれない日本文学史』のほうが、とっつきやすさが感じられていいと判断したためだ。日本文学に対して、臆《おく》することなくずかずかと接近してみよう、という狙《ねら》いもあるのである。

文庫化にあたって、第一章と、第十一章を、書き下ろしてつけ加えた。いちばん古い『古事記』と、いちばん新しい現代文学も入っていたほうが、より完全な日本文学史になると考えたためである。

私は本書の中で、エッセイ文学というのはジジイの自慢話だ、とか、江戸庶民文学は今日のケータイ小説に似ているとか、大ざっぱに決めつけている。だが、早わかりの入門書なんだから、そういうわかりやすい決めつけもまたよかろう、と判断しているのだ。私がここでやろうとしていることは、日本文学史を私なりにわかりやすく畳んで、ポケットに入るぐらいの大きさにしてみよう、ということだ。

そんな大づかみなやり方で、日本文学の特徴は何かとか、日本文学の値打ちはどんなところにあるのか、などのことをゆるゆると考えていきたいと思っている。

＊引用の際、旧字体の漢字は新字体に改め、注釈の番号などは省略し、一部レイアウトを改めました。また、一部に読みがなを加えました。

学校では教えてくれない日本文学史◎目次

第九章　漱石の文章は英語力のたまもの

第十章　みんな自分にしか興味がない

第十一章　戦後文学史は百花繚乱

第十二章　エンターテインメントも文学の華

イラスト／アキワシンヤ

第一章

「古事記」はただものではない

まず神が生まれるところから始まる神話

日本文学の始まりのところに「古事記」があるというのは、考えてみればものすごく豊かなことである。ある民族が、我々はこのようにして生まれ、このように文化を築いてきたという神話を、ちゃんと持っているということだから。自前の神話を持っている民族はやはりどこか、存在のしかたの姿勢がい い。

この国はどのようにして始まり、我々はいかにして存在するようになったかの、理屈をちゃんと持っているのは、もしそれがないのとくらべると、自信や余裕が持てるということなのだ。単なる神話にすぎないじゃん、と言うかもしれないが、それがあるのとないのとでは大違いなのだ。

日本以外にも、世界の始まりについての神話を持っている民族はある。それぞれとても豊かである。

たとえば旧約聖書の創世記なども、世界の始まりについて語る。有名だと思うが、ちょっと引用してみよう。

「元始《はじめ》に神天地を創造《つく》りたまえり。地は定型《かたち》なく曠空《むな》しくして、黒暗淵《やみわだ》の面《おもて》にあり、神の霊水の面を覆いたりき。神「光あれ」と言いたまいければ光ありき。神光を善しと観《み》たまえり。神光と暗《やみ》を分かちたまえり。神光を昼と名づけ、暗を夜と名づけたまえり。夕あり朝ありき。これ首《はじめ》の日なり」（世界古典文学全集5『聖書』筑摩書房より）

まず一日目に「光あれ」と光を出現させ昼と夜を分けたのだ。そして二日目には、天と水とを分ける。三日目には、水の中に地面を出現させ、海と陸とを分ける。そのようにしてから、生物を出現させ、ついに六日目に、人間（アダムとイブ）を出現させて、神は七日目には休んだ。それで日曜日は休み（ユダヤ教徒は土曜日が休日だが）、ということが始まったのだ。

とても構えの大きい天地創造である。しかし、天地創造の神話はどれも比較的よく似ている。アッカド（現在のイラクあたり）の天地創造物語である「エヌマ・エリシュ」を見てみよう。

「上ではまだ天空が命名されず、
下では大地が名づけられなかったとき、
かれら（神々）をはじめてもうけた男親、
アプスー（「淡水」）、

ムンム（「生命力」）、かれらをすべて生んだ女親、
ティアマト（「塩水」だけがいて）、
かれらの水（淡水と塩水）が一つに混り合った。
草地は（まだ）織りなされず、
アシのしげみは見あたらなかった。
神々はいずれも（まだ）姿をみせず、
天命《つとめ》も定められていなかったとき、
（そのとき）神々がその混合水のなかで創られた。
（男）神ラハムと（女）神ラハムが姿を与えられ、
そう名づけられた。」（筑摩世界文學大系1『古代オリエント集』より）

淡水と塩水が混じりあって、最初の神が創られるという神話だ。最初は神さえもいなかった、というのが旧約聖書との違いだ。

そして、「古事記」でも、最初は神がいなくて、まず生み出されるのである。比較的わかりやすい『口語訳　古事記』（三浦佑之訳・注釈　文藝春秋）で見てみよう。

「天《あめ》と地《つち》とがはじめて姿を見せた。その時にの、高天《たかま》の原《はら》に成り出た神の御名《みな》

は、アメノミナカヌシじゃ。つぎにタカミムスヒ、つぎにカムムスヒが成り出たのじゃ。この三柱《みはしら》のお方はみな独り神での、いつのまにやら、その身を隠してしまわれた」

独り神とは、男と女にわかれる以前の神、その身を隠してしまうというのは、姿の見えない存在になることだ。

神が生まれるところから始まるのは、初めから神だけはいた、とする旧約聖書より考え方がキッチリしていると言えるかもしれない。

そして、そのあともいろんな神が生まれる。ちゃんと全体を考えて作った話ではなく、いろんな説をごっちゃにしているのだろう。

ウマシアシカビヒコヂが生まれ、アメノトコタチが生まれ、クニノトコタチ、次にトヨクモノが生まれる。

それから、男女の性のある神が、兄と妹のセットで次々に生まれる。五組の兄妹が生まれるのだが、その最後が兄のイザナキとイザナミだ。このイザナキとイザナミが、国を生むのだが、その前に自分たちの居場所を作る。地がまだ固まっておらずぐにゃぐにゃなので、神からアメノヌボコ（神の矛《ほこ》）を借りて、海と泥をコヲロコヲロとかきまわしたところ、ヌボコの先からしたたり落ちた塩がつもって島になった。これがオノゴロ島だ。

それで、イザナキとイザナミはオノゴロ島に降り立って、いよいよ国生みということをしていく。

なんだかややこしいが、まず神が生み出され、その神が自分たちの居場所を作り、その島で国を生むという段取りを踏んでいるのだ。

この、そもそもこの国はどのようにしてできたかの段取りは、きっちり作られていて神話としての完成度が高いと思う。

国を生み、すべてを生んでいく

さて次に、ここは有名なところなので知っている人が多いかもしれないが、イザナキは妹のイザナミにこう問うのだ。

「お前の体はどうなっている」

すると、

「私の体は、成り成りて、成り合わないところがひとところあります」

イザナキは、

「私の体には、成り成りて、成り余っているところがひとところある。この我が身の成り余っているところを、お前の成り合わないところに刺しふさいで、国を生もうと思うがどうか」

するとイザナミは、

「それ、よさそう」

と答えるのだ。この言い方は、小学生ですらコーフンはしないと思うが、生むということの原理をズバリと言っていて面白い。

そこで二人は天の御柱《みはしら》を逆にめぐって、会ったところでミトノマグハヒをしよう、と決める。柱をまわったところで出会うと、先にイザナミが、

「あらん、いい男」

と言い、イザナキが、

「すっげえいい女」

と言ってマグワウ。マグワイって、「古事記」に出てくる古い言葉なんだなあ。

ところが、生まれたのは骨なしのヒルコだった。できそこないの子である。だからこれを船にのせて流してしまう。

どうしてうまく子が生まれないのだろうと思って天つ神のところへ行ってき

くと、こういう答えだった。

「会った時に先に女が、いい男だわ、と言い、あとで男が、いい女だな、と言ったのがよくないのだ。そういうことは先に男が言うものなんだよ」

そこで、次にはそのようにしてからマグワってみると、アハヂノホノサワケの島（淡路島）が生まれた。次にイヨノフタナの島（四国）が生まれ、次にオキノミツゴの島（隠岐島）が生まれ、次にツクシの島（九州）が生まれ、次にイキの島（壱岐）が生まれ、次にツの島（対馬）が生まれ、次にサドの島（佐渡島）が生まれ、次にオホヤマトトヨアキヅの島（本州）が生まれた。

このあたり、話がくどい。くどいけど、それをじっくりと語っていくのが神話だ。このあと瀬戸内海にある小さな島々を生んでいくことまでじっくり語られる。

そして次には、神々を生んでいく。理性的に考えるとちょっと変だよね。神々は最初に何柱か生まれて、その最後がイザナキとイザナミだったのに、その二人がまた神々を生んでいくのだ。そういう神々の名がうんざりするほど並んで出てくるが、何をする神なのかよくわからないものも多い。

正体がわかるものだけでも紹介しておくと、海の神のオホワタツミとか、水《みな》戸《と》の神、風の神、木の神、山の神、野の神などが生まれるのだ。

そして最後にヒノヤギハヤヲという燃えさかる火の神を生んだのだが、そのせいでイザナミは秀処《ほと》を焼かれてしまって、病に臥《ふ》せってしまう。ここは、まさかそうくるとは、と意表を衝かれる展開だ。つまり、海の神も山の神も具体的にそこから生んでいたわけか。そして火の神を生んだから火傷《やけど》しちゃった。

それで、病の苦しみでイザナミが嘔吐《おうと》すると、吐いたものから神が生まれる。糞をすると、そこからも神が生まれる。尿《しと》からも神が生まれるという、神生みのオンパレード。もう、何をしても神が生まれちゃう。

そして、とうとうイザナミは死んでしまう。それを悲しんでイザナキが泣くと、その涙からも神が生まれる。イザナキは火の神を剣で斬り殺してしまうが、剣についた血からもいろんな神が生まれる。何をやっても神が生まれちゃうのだ。

それで、イザナキは死んだイザナミに一目会いたいと思って黄泉《よみ》の国へ向かう。すると、そこにある御殿の戸を開けてイザナミが出てきたので、こう声をかける。

「いとしい妹よ。二人で作っている国はまだ作りかけではないか。だから帰ってきておくれ」

それに答えて、

「残念だわ。あなた、早く来ないんですもの。私はここの食べ物を食べてしまったのよ。黄泉の国で食べ物を食べるとそこの住人になってしまうの。でも私もなんとか帰りたいわ。だからここの神様に相談してみます。その間、どうか私を見ないで下さい」

黄泉の国の食べ物を食べるとそこの住人になってしまう、という考え方は外国の神話などにもあるルールだ。

そこでイザナキは待っていたのだが、遅いので待ちくたびれて、櫛《くし》の歯を一本折って火をともして御殿の中に入っていった。

すると、イザナミにはウジがたかってごろごろと鳴っているではないか。そして死体には八つもの雷神がとりついていた。

イザナキがうわっと叫んで逃げようとすると、

「よくも私に恥をかかせたわね」

とイザナミは黄泉の国の死神女たちをつかわせて追いかけてくる。逃げるイザナキは、髪につけていた玉飾りを投げた。するとそこから葡萄《ぶどう》が生え、死神たちが食べている間に少し逃げる。しかしまた追ってくるので、今度は右の髪にさしていた櫛を投げると、そこに筍《たけのこ》が生えた。それを死神たちが食べている間にまた逃げる。

でも、まだ死神や雷神が追ってくる。イザナキは剣で後ろを払いながら逃げまくった。そして黄泉平坂《よもつひらさか》という坂にある桃の木の実を三つ取って、これをぶっつけてやったら追手は逃げていった。

最後にはイザナミが自ら追ってきた。そこで、イザナキは黄泉平坂に、巨大な岩を引き出して道をふさいだのである。岩のむこうでイザナミは言った。

「いとしいあなたが私にこんなことをするなら、私はあなたの国の人間を一日に千人ずつ殺しますわ」

これに答えてイザナキは言う。

「いとしいきみがそんなことを言うなら、私は一日に千五百の産屋《うぶや》を建ててみせる」

こういうわけで、一日に必ず千人死に、一日に必ず千五百人生まれるということになったのである。

これが、イザナキとイザナミの国生みの話である。

スサノヲやオホクニヌシの物語

イザナキ、イザナミの話を少々詳しく語りすぎてしまったが、この部分こそが「古事記」の原型だと思うからである。原始の何もない世界に神が生まれるが、その神には性もなく形もない。そのうち性のある兄と妹の神が生み出され、その最後の一組がすべての元になる。二人は海をかきまわして島を作って、そこでマグワイをして国を生んでいく。この時、初めは失敗してヒルのような子を生んでしまうのは、兄妹でマグワウというタブー破りの罪のせいかもしれない。

ただしその後はわっせ、わっせと国を生んでいき、とてもダイナミックである。国の次には神を生んでいき、息もつがせぬ勢いである。なのに火の神を生んで、秀処《ほと》を火傷して死んでしまう。こんなふうに、時として理に落ちるのも面白い。

黄泉の国へ行く話は、生者と死者をきっちりと区別するためである。そして、人が続々と生まれ、一方で続々と死んでいくことにも説明がつけられる。ここまで、この世はどうしてこうなったかについての、大胆な説明である。神話として、非常にうまくできていると言うべきだろう。

「古事記」は、稗田阿礼《ひえだのあれ》が記憶していた神話と歴史を、太安万侶《おおのやすまろ》が書きとめたもの、ということに一応なっている。実際にはどうだったのだろう。二人で合作したのかもしれない。そして、一応、七一二年に書かれたことになっている。日本最古の書物と言ってもいいだろう。それで、日本最古にしては実によくできているのだ。最初の国生みのところだって、スピーディーでドラマチックで、妙に筋が通っていて読みやすいのである。いやもちろん、原文を現代人がスラスラ読めるということはないのだが、とっつきやすく訳したもので読めば、意味の通らないところはない。かなりの力作であり、大作だ。

初めのほうは神話であり、神々の話だが、そのうち神が人間界へ降りてくる話になり、終わりのほうは人間界の歴史の話になる。そういう流れがスムーズであり、この日本の成り立ちをまるごと教えてもらったという気分になる。骨組みがしっかりした話なのだ。

神代の時代のエピソードも興味深い。たとえば、アマテラスの弟のスサノヲの話は、日本人ならなんとなく知っているものだろう。

スサノヲは乱暴な子だった。ある時、姉のアマテラスが機織り小屋に入って下女たちに神にささげる衣を織らせていると、スサノヲはその小屋の屋根に穴をあけ、そこからはいだ馬の皮を投げ入れた。するとショックで下女の一人は死んでしまう。

アマテラスは怒り、天の岩戸にかくれてしまい、この世に光はなくなり、闇の中でわざわいが広がった。

そこで八百万《やおよろず》の神が集まって、どうしたものかと知恵をしぼる。よく知られた話だから細部は省略するが、アメノウズメが岩戸の前できわどい踊りをし、大騒ぎをしていると不思議に思ったアマテラスが岩戸を少し開けて、それをタヂカラヲが強引に引き開けて、この世に光が取り戻される。これはおそらく日食のことを物語化したものだろうが、話としてうまくできているのである。

アマテラスを怒らせた罪によって高天の原から追い出されたスサノヲは、出雲《いずも》の国に来た。するとそこに老夫婦と若い娘が泣いているのでわけを尋ねると、

「私たちの娘はもともと八人いたのですが、年に一度、ヤマタノヲロチという怪物が来て食ってしまいました。今年もまたその季節がきて、最後に残ったこのクシナダヒメも食われてしまうのかと、泣いているのです」

という答えだった。ヤマタノヲロチは胴が一つに頭が八つの、巨大な龍だという。そこでスサノヲは大きな瓶を八つ用意させ、そこに酒を満たして夜を待つ。夜になるとはたしてヤマタノヲロチが現れるが、瓶に入った酒をガブガブと飲み、やがて酔っぱらって眠ってしまう。

そこでスサノヲはヲロチを剣で斬《き》り殺してしまうのだが、ヲロチの体内から一振りの剣《つるぎ》が出てきた。これがクサナギの剣である。神話の中の英雄譚《たん》としてよくできている。

それからまた、オホクニヌシ（大黒様）の話もよく知られているだろう。ワニを騙して海を渡ろうとした因幡《いなば》の素《しろ》兎が、皮をはがれて苦しんでいるのを見たオホクニヌシが、痛みを取る方法を教えてやると童謡にも歌われている。

あのオホクニヌシは出雲の豪族で、大和朝廷に吸収されていったポイントのところにいる人格であるらしい。そのように、大和朝廷が全国に支配を及ぼしていった歴史が、神話として語られているのである。神話だからそのまま史実として読むことはできないが、この話の背景には歴史があるんだろうな、と想像できるのであり、それが話の厚みになっているのだ。そういうふうに読んでみると、「古事記」は我々の想像を大いにかき立てる物語なのである。

ヤマトタケルは全国平定の英雄

ヤマトタケルもまた、地方豪族を平定していった英雄である。ヤマトタケルは神代の人ではなく、この地上界で大和朝廷が確立していった頃の人であり、第十二代景行天皇の皇子であるが。

もともとの名はヲウスであり、ヤマトヲグナともいった。

細部にはこだわらず、簡略化して説明するが、ヲウスの兄オホウスが、父といっしょに食事する席に出てこなくなってしまう。実はオホウスは父が妻にしたがっていた美女を横取りしていて、それがやましいので父と顔を合わせられないのである。

そこで父が、

「オホウスをなんとかしなければいけないなあ」

と言ったところ、ヲウスは平然とこう言った。

「私がなんとかいたしましょう」

そして、兄をぶち殺して八つ裂きにして捨てたのである。

そうと知った父の景行天皇は、こんなに乱暴な者が近くにいてはこわい、と思って、ヲウスに、クマソの国に、クマソタケルという名の兄弟がいて、朝廷に従わず礼儀もつくさないので、その二人を討ちとってまいれ、と命じる。それは実は乱暴なヲウスを遠ざけるための命令でもあったのだが。

ヲウスは西国へ行き、クマソの国まで来る。クマソタケル兄弟は鉄壁の守りの城の中にいて、容易に攻めかかれるものではない。

しかし、近く、新しい館が建てられたことを祝って大宴会が開かれることがわかる。そこでヲウスは髪を女の形に結い、女の衣装をつけて若い女に化けた。そして、宴会の世話をする女たちにまぎれ込み、館の中にしのび込んだ。

クマソタケル兄弟は、ヲウスが化けた美しい乙女が気に入ってしまい、二人の間にすわらせ酒を注がせて、大いに酔った。

そのように油断させておいて、ヲウスは兄弟を斬り殺すのだ。兄を殺して、弟を追いつめ、短剣を尻から上に突き刺して、串刺しにした。すると弟のクマソタケルはこう言う。

「その剣を動かさんでくれ。死ぬ前にききたいことがある。そなたは誰だ」

「私は、ヤマトの景行天皇の子のヲウス、またの名をヤマトヲグナという者である」

「そうか。東のヤマトにはおれたちより強いお前がいたのだな。それでは、お前に名前をやろう。お前はこれから、ヤマトタケルと名のるがいい。そうすれば、おれたちの強さがお前にのりうつるであろう」

こうしてヤマトタケルという名になって、クマソタケルにとどめを刺した。

さてそういう武勲《ぶくん》を立ててヤマトに戻ったところ、さぞかし父もほめてくれるだろうと思いきや、よくやったとも言わず父は、

「東国にもヤマトに従わぬ国がある。そこを平定してまいれ」

という次の命令を下すのだった。ここで、ヤマトタケルの悩みが始まる。クマソを退治してきたというのに、休む暇もくれず今度は東国へ行けという命令だ。父は私を嫌っているのだろうか、という気がしてしまうのだ。

ヤマトタケルは伊勢へ行って叔母のヤマトヒメに会い、愚痴をこぼす。ヤマトヒメは天皇の悪口を言うことはできず、ただ、クサナギの剣と、何かの入った袋をくれた。それを持ってヤマトタケルは東国へ旅立った。

そして尾張の国でミヤズヒメと出会い、結婚の約束をするが、結婚するのは東国を平定してからと考え姫を残して東へ行く。

すると相武《さがむ》の国（神奈川県）で、地方豪族のだまし討ちにあってしまう。草

原の中に悪い神がいるから退治してくれと言われて野原に分け入ったところ、まわりの草に火をつけられ、焼き殺されそうになったのだ。

そこでヤマトタケルはヤマトヒメからもらった袋の中味を取り出すが、入っていたのは火打ち石だった。焼き殺されそうな時に火打ち石があってもどうにもならん、と一度は思ったが、そこでもう少し考えてみた。火で火を追い払う手があるぞ、と。

ヤマトタケルはクサナギの剣で自分のまわりの草を丸く刈り取った。そうしてから、草に火をつけたのである。こっちからも火をつけ、火と火はぶつかって、やがて消えてしまう、という作戦だった。それがうまくいって助かったヤマトタケルは、自分を騙した地方豪族を焼き殺して滅ぼした。

さらに東へ進んで、浦賀水道を船で渡って房総へ行かねばならなくなった。しかし、海の神が風を呼び、波が高くてとても渡ることができない。すると、いっしょに旅をしてきた妃のオトタチバナヒメが、あなたの身代わりとなって海へ入ります、と言うのだった。そうして、オトタチバナヒメをいけにえとして海にささげると、たちまち海は静かになって、ヤマトタケルは海を渡ることができた。

そして、東国の豪族どもを次々に平らげていき、ヤマトタケルは大活躍をしたのだった。

実際にはそういうことのすべてを一人の皇子がやったわけではなく、時間もかかってやっと東国を平定したのだろうが、それをヤマトタケル一人がやったように話をまとめているのだろう。

東国の平定を終えたヤマトタケルは西の都へと戻っていく。そして途中の尾張でミヤズヒメを妻とした。しかしそこにずっといるわけにはいかないから、クサナギの剣を姫にあずけて、西の都をめざす。そんなわけで、クサナギの剣は今も熱田神宮にあるのである。

ヤマトタケルは伊吹山にさしかかるが、そこで病気になってしまう。物語上は、山の神が猪に化けて出たのを見て、チンケなものに化けやがる、と笑ったので山の神が怒ったということになっているが、実際にはどうだったのだろう。ヤマトタケルは、都に帰っても父がほめてくれるのでもなく、喜んでくれるでもなく、また冷たくどこかへ追いやられるような気がして、気が晴れず、足が進まなかったのかもしれない。ヤマトタケルはそんな悲しい英雄なのである。

発熱して、悪寒がして、ヤマトタケルは山中で死ぬ。するとその体から霊がすうっと出て、美しい白鳥に身を変え、都のほうへと飛んでゆくのだった。

英雄伝説の完成だ。大和朝廷が日本をひとつにまとめていくことが、一人の英雄の仕事のように語られているわけだ。最後に白鳥に変身するところは、なんとも美しい話ではないか。

「古事記」は日本人の原型の文学

「古事記」はまだまだ続く。神代の神話から人間界での歴史の記録になっていき、歴代の天皇の業績が語られていくのだ。この、神の話から人間の歴史へと変わってくるところが、少し荒っぽいと言えば荒っぽく、スリリングと言えばスリリングである。神話や伝説と、歴史とをごっちゃにして語っていいのだろうか、という気もする。

しかし、そのせいで、日本という国は神が作ったのであり、神の時代と今はつながっているんだ、という強引な統一に成功しているとも言えるのである。

そして話は推古天皇が即位して、その政治をウマヤトノトヨトミミ（聖徳太子）が助けたところまで語って終わりとなる。

ここでは省略したが、山幸彦と海幸彦の話とか、ニニギが美女のコノハナノサクヤビメは妻とするが、その姉でブスのイワナガヒメは妻にしない、なんていう話もあって、「古事記」は実ににぎやかである。

すぐに怒ってマグワって子を生むし、

死んだ者が生き返るし、

あたりかまわずウンコをするし、

男が女に、女が男に変装するし、

よく嘘をつくし、

よく騙されるし、

なんでもありの総ざらえである。

このバイタリティーこそが「古事記」の魅力なのである。

日本文学のスタート地点に「古事記」があるのは、文化にはずみをつけるためにはとてもよかったのかもしれない。とにかく、その物語には馬力があるのだ。

日本の文学はどこかしら女々しい、という説がある。本居宣長が「源氏物語」を思い浮かべて、日本の文化はたおやめぶり（女っぽい）であると言ったのは有名だ。そして、紫式部だけではなく、平安時代には文学の担い手が女性たちだった。女性による物語、女性による日記文学などを思い出せば、それもなるほどと思える。紀貫之は日記をつけるのに「女もしてみんとてするなり」と、女性のふりをしているくらいだ。文学は女性のもの、というのが日本の伝統なのである。

ところが、いちばん初めはそうではなかったのである。「古事記」は、まるっきり女っぽくはない文学だ。男っぽいし、もっと言うならガキっぽいところがある。男の子が思いつくままに出鱈目《でたらめ》を並べたような味わいが「古事記」にはある。だから話がかなり乱暴なのであるが、この乱暴さがあったのは日本文学にとってはよかったことだと私は思う。

日本文学が、すべて女っぽいのでは、いびつに偏った文学になってしまう。確かにそれは繊細で優美、典雅《てんが》で上品な文学ではあるが、突き抜けた破天荒さに欠ける。文化的に女性の美意識しかないのでは、力強さに欠けるのだ。

だから、最初の日本文学が「古事記」であったことの意義は大きいのである。この、悪ガキの思いつきのような文学があったおかげで、

①日本文学の扱う世界がぐんと広がった。
②洒落や冗談や、言葉遊びなども文学の中に取り込まれた。
③美しいものと醜いものが同格に論じられるようになった。
④生きているものは死に、死んだものは生き返り、そうこうしているうちにどんどん別のものが生まれる、という逞しい生命観が手に入れられた。
⑤日本人のものの考え方の原点が形あるものとしてきっちり残ったのである。

「古事記」は日本人のものの考え方を生々しく、素材をおっぽり出すようにあらわしている。そういう意味で、日本人にとって「古事記」があることは重要であり、読めば読むほど、一見出鱈目のようだが、こいつはただものではないぞ、という気がするのである。

日本人の原型の思想が「古事記」の中にはこめられているのだ。

第二章

「源氏物語」のどこが奇跡か

「源氏物語」千年紀

「源氏物語」について考えてみよう。

二〇〇八年は、「源氏物語」の千年の記念の年であり、あちこちであらためて話題になった。ただ、なるべく正確に説明するならば、千年前の一〇〇八年に「源氏物語」の全編が書き上がり、刊行されたということではない。あれだけ長いものを全部書いてから発表するなんてことはあるはずもなく、一帖《じょう》ずつ、書いては発表し、人々に読まれ、書き写されて広まっていったのだ。そして、一〇〇八年というのは、少なくともその年に「源氏物語」の一部が発表されていて、人々に読まれていたことは確実、という年なのである。

なぜそれがわかるかというと、「紫式部日記」の寛弘《かんこう》五（一〇〇八）年の記述に、式部（九七三頃〜一〇一四頃）が親王の誕生を祝う会に出たところ、ある歌人から、「このあたりに若紫《わかむらさき》はおみえかな」とたわむれに声をかけられた、とあるのだ。若紫とは「源氏物語」のヒロイン紫《むらさき》の上《うえ》の幼い頃の呼び名である。ふざけてその名で呼ばれたということは、その時には「源氏物語」が人々に読まれていた証拠だ、というので、二〇〇八年がその年の千年紀とされているのである。

しかしそれにしても、千年前にあの「源氏物語」が書かれたというのは、信じられないぐらいにすごいことである。あれほど構成が見事で、テーマが重厚で、物語性に富んでいて破綻《はたん》や傷のない小説が、どうしてそんな昔に書けてしまったんだろう、というのがまず不思議で、奇跡だったとしか思えないのだ。これは、狭い日本文学だけを見て言っているのではない。世界文学をながめわたしたって、千年前にここまで完成された作品はないのである。

たとえば一〇五〇年頃に成立したらしいとされているフランス最古の叙事詩に、「ロランの歌」というのがあるのだが、それは、シャルルマーニュ大帝の甥で殿軍《しんがり》の隊長ロランが、スペインでイスラム教徒軍と戦って全滅の危機に瀕するが、本隊に急を報《しら》せるための角笛《つのぶえ》を吹くと、本隊が引き返してきて敵を全滅させるという、十字軍精神を賛美する武勲詩《ぶくんし》である。もちろん、その時代としては名作とされているものなのだが、「源氏物語」とくらべたらお話にならないのだ。ようやく英雄譚《たん》が出てきたけど、まだ半分神話みたいなレベルね、というところなのだから。

私がこういうことを言うと、日本人だからどうしても日本を応援したくなるんだな、と思う人がいるかもしれない。清水にも愛国心があったのか、なんて。

だが、そういうことではまったくない。「源氏物語」が英語やフランス語に翻訳されて欧米に伝えられて以来、世界が「源氏物語」をすごいと認めているのだ。紫式部は、二十世紀文学の巨人であるプルースト（「失われた時を求めて」の作者）と並ぶくらいの小説家だ、というのが欧米での評価なのである。

だから、日本人にとって、日本文学にとって「源氏物語」がとても重要なものだということでは納まらないのだ。世界の文学史の観点からも、あのやけに長い小説は奇跡的な名作なのだ。

一〇〇八年頃というと、平安時代の中期で、藤原道長が権勢を増大させ、摂関政治が成熟していた頃である。紫式部はそういう時代の宮中で、道長の娘である中宮（天皇の妻）彰子《しょうし》づきの女房として働いていた。宮中で働くようになった時にはもう「源氏物語」の一部を書き始めていて、あの素敵な物語の作者だと人々にも知られていたのだ。そこで宮中でも比較的自由に、のびのびと書くことができたのである。

新しい帖ができるたびに公表され、それを人々は書き写して読んだ。ごく限られた宮中だけで話題になり、読まれたのだから、ベストセラー作家になったのか、という空想をしてはいけない。あくまで宮中でのことなのだ。

紫式部の時代というのは、都や、宮中では文化や学問のある、中国の教養を取り入れた社会だったが、ひとたび田舎へ行ったら農民たちは竪穴《たてあな》住居に住んでいたという、二重構造社会なのだ。だから、「源氏物語」が日本中で読まれるなんてことは到底ありえなかった。そもそも紙が貴重品で、庶民などは紙に接することもほとんどなかったのだ。

そういう時代に書かれた物語だと考えてみると、よくぞここまで人間の心理に迫り、ドラマチックであり、その上、人の営みとは時の流れの前に虚《むな》しいものである、という思想に裏打ちされた物語が書けたものだと、驚嘆するしかないのである。

華麗から悲哀までさまざまの恋

私の若き日の恥の思い出を語ろう。大学受験をした時、受けた大学の国語の試験にこういう問題が出たのである。

「『源氏物語』について、思うところを記せ」

この問題に対して私は、皮肉をきかせた答えのほうが利口そうに見えるだろうと思い、だいたい次のようなことを書いたのだ。

「一人のプレイボーイが、次から次へと女性にモテまくった、というような話に、大した価値などあるだろうか。人間にはもっと大切なことだってあるだろうに」

そんなことを書いて、私は不合格になって浪人生活をしなければならなかった。

ところで、そういう解答を書いた時点で、私は「源氏物語」を読んだことがなかったのだ。読んでないのにエラソーに批判した私も無茶だが、それができたということに注目してほしい。つまり私は、その小説を読んでいないのに、光源氏といういい男がさまざまな女性と愛の遍歴を繰り返す物語だということを知っていたことになる。つまり、日本人ならばそこまで知ってるのが常識だということである。

そういうところが、古典のすごさだと思う。たとえ読んでなくたって、どういう話なのかはいつの間にか耳に入ってきて、だいたいは知っているというのが古典文学作品の力なのである。

ただしここでは、中学生がこれを読むことだってあるかもしれないと仮定して、「源氏物語」の大筋を説明してみることにしよう。それを、十六倍速ぐらいの早送りで、あきれるほどシンプルにまとめてみる。

どの天皇の時代だったのかは不明だが、あまり高い身分ではなかった女性が、宮中にあがって更衣《こうい》という天皇の愛妾《あいしょう》となったことがある。桐壺《きりつぼ》という部屋をもらったのでそう呼ばれたその女性は、天皇の寵愛《ちょうあい》を受けすぎたために人々にねたまれ、正妻にも恨まれ、それが元で病気になり、男の子を産んだあと亡くなってしまう。

生まれた子が光源氏である。天皇の子ではあるが母の身分が低いので親王にはならず、臣下となって源氏の姓をもらったのだ。

さてこの光源氏は、まさしく光り輝くほど美しい子で、何をやらせても才能抜群であった。その時代の貴族とはそういうものだったのだが、光源氏は次から次へと女性を訪ねては浮名を流す色好みで、俗に言えばモテまくった。

ところで、母を亡くしている光源氏は母恋しの男である。そこでいろいろとややこしいことになる。

天皇は桐壺をなつかしがるあまり、桐壺に瓜二《うりふた》つだという藤壺《ふじつぼ》を入内《じゅだい》させる

（新しい妻にしたということ）。ところが桐壺にそっくりだということは、我が母はこういう人だったという思いになり、光源氏は藤壺にひたすら恋いこがれるのだ。そしてついに、その人と秘密の関係を持ってしまう。つまり父の妻に手を出したのである。そして藤壺は懐妊《かいにん》して、表向きには天皇の子として、光源氏の子を産む。

ところで、光源氏は一方では左大臣家の娘葵《あおい》の上《うえ》を正妻としている。年上で、どうもしっくりこない正妻だった。

また、光源氏は藤壺の姪《めい》にあたる可愛《かわい》い幼女を見つけて、その子を引き取って養育する。それが紫の上である。

葵の上は、嫉妬《しっと》深い光源氏の愛人の六条御息所《ろくじょうのみやすどころ》に取りつかれて、男の子を出産して死んでしまう。その後は、紫の上が正妻に近い地位につく。

光源氏は、政治的に敵対する右大臣家の娘で、次の天皇（源氏の兄）の愛妾である女性に手を出してバレ、政治的に失脚し、自ら須磨《すま》、明石《あかし》に退去する。でもやがて復権。

源氏は初老になってから、帝の娘、女三宮《おんなさんのみや》を正妻として授けられる。紫の上はそういう正妻が来ては自分の立場が弱くなってしまうので苦しむ。

ところがここで、女三宮に惚《ほ》れきっている柏木《かしわぎ》という男が、ついにその人と密通してしまうのだ。そして表向きには光源氏の子として、男の子が生まれる。

すべてを知った光源氏は、生まれた子薫《かおる》を抱いて、自分がかつて犯した罪と同じことが我が身に降りかかったのだと思い、無常を感じる。

やがて光源氏は死ぬ。そのあと、薫を主人公とした、どうしても愛を得られない男の物語が展開される（それが、「宇治十帖」）。

もちろん、ここにまとめたのはメインのストーリーで、その周辺を彩《いろど》るさまざまな女性が出てきて、ありとあらゆる恋の形が語られる。身分の低い女性との恋はどうだとか、美しくない女性とのつきあいとか。それらの中でも、明石に流されていた時に現地妻のように関係して女の子を産ませた明石の上は重要であろう。それから、親友の恋人（夕顔）を奪って、ひょんなことからその恋人を死なせてしまい、その親友の子を後に育てるという、玉蔓《たまかずら》のエピソードも面白い。とにかくそんなふうに、きらびやかな宮廷生活の中の、愛の無常の物語が展開されるのだ。

中国文学に学んでいるに違いない

さて、そういう「源氏物語」のすごさはどこにあるか。細かな部分や、ひとつひとつの恋のあれこれなども実に見事なのだが、やはりなんと言ってもいちばんすごいのは、メインとなる骨太の構造であろう。

母恋しの色好み男が、自分の父の妻と密通し罪の子をなす。その子にしてみれば、兄だと思っている人が実は父なのだ。

そして、一度は政治的に失脚した光源氏が、自分の子が天皇になった時代には栄華を極める。

このドラマチックな展開には、つい古代ギリシアのソフォクレスの悲劇「オイディプス王」を思い出すではないか。オイディプス王は、自分の父を殺し、母と契《ちぎ》った罪の人である。

しかし、オイディプス王はその人たちが父だとは、母だとは知らずにそうしてしまったのである。後ですべてを知って、罪の意識から自分の両眼をえぐって盲目になるのだ。

それとくらべてみると、光源氏はわかった上で父の妻に手を出しているのである。悪いことと思いながらも、どうしてもその人への恋心がおさえられなかったのだ。

そして第一部の後半では、光源氏は自分の犯した罪のむくいを受けるのだ。若い妻をもらったところ、その妻は別の男の子を産む。すべてを知った光源氏だが、何も言わずに受け入れるしかない。これは私が昔したことが、そのまま我が身に返ってきたのだ、と思って。

この、小説の基本構造が畏《おそ》れいっちゃうぐらいにすごい。この構造は、長々と書いているうちに自然に思いついた、というようなものでは決してないだろう。書き始めた時から中心ストーリーはこう、と決めてあったとしか思えないのだ。そんなこと、よくできたものだと思ってしまう。そんなしっかりした、意味の深い物語展開の小説は、ほかにはひとつもない時代なのに紫式部はこれを思いついたのである。

その中心ストーリーがあるから、さまざまなおまけのエピソード、目先の変わった恋のあれこれがちりばめられていても、基本の筋がビクともしないのだ。

紫式部はどうしてこれを思いつけたのだろう、というのは謎《なぞ》である。「竹取物語」や「伊勢物語」をいくら読んだって、それは古代の説話や、エピソード集であって、「源氏物語」の人間の真理への掘り下げのようなものはかけらもないのだ。近代文学みたいなテーマへの迫り方が「源氏物語」にはある。

紫式部は何から学んだのか、のひとつの答えはこうだろうか、と私が思っていることがある。それは、中国文学の影響かもしれない、ということだ。

「史記」を紫式部は読んでいる。それから、そのほかの中国の歴史書も読んでいるかもしれない。玄宗《げんそう》皇帝と楊貴妃《ようきひ》の恋を物語る白居易《はくきょい》の「長恨歌《ちょうごんか》」を読んでいることは確実である。

そういう中国文学から、紫式部は、小説というものは構造を持たなければならないということを学んでいたのではないだろうか、というのが私の想像だ。「史記」は単なる歴史書ではないかと言う人がいるかもしれないが、あれは見事な人間文学である。「列伝」(言ってみれば英雄伝のような部分)などは、波瀾《はらん》万丈《ばんじょう》の人物記である。

紫式部が「史記」に通じていたことについては逸話《いつわ》が残っている。式部の父が、ある時式部の兄に「史記」の講義をしていた。ところが兄はどうしてもそれを正しく読み取ることができない。すると横できいていただけの式部が、そこは前後の関係からこう読むのではないですかと、正解を言い当てたというのだ。式部の父は、この子が男の子でないのはなんとも残念だ（当時、女性が学問で身を立てるということはなかった）と言ったという。

そんなわけで、紫式部は中国文学に通じていたことによって、小説とはこう作らなきゃいけない、というのを自然に身につけたのではないだろうか。もちろん、ほとんどの人は「史記」をいくら読んでも、小説の書き方の名人にはなっていないのであり、それができたのは紫式部が天才だったからなのだが。

私は、「源氏物語」は奇跡だ、ということをここで言っている。どうしてあの時代に書かれ得たのか信じられないくらいの名作だという意味である。

しかし、実はどんなすぐれた文学作品も、奇跡によって無から生じることはない、というのが真実である。文学は必ず以前にあったものを親として、その非常にできのいい子ができて進歩していくのだ。

敬語表現で書かれている不思議

ここでひとつ、私が最近ふと気がついた珍説を披露《ひろう》しよう。

「源氏物語」の語り方には、ものすごく珍しい特徴があるのだが、皆さんはそれに気がついていますか。こんなふうに語っている小説は世界にもあまり例がないぞ、という珍しさなのだが。

わからないな、という人のために、たとえばあの小説の冒頭のところを私が意訳してちょっと紹介してみよう。

「どの天皇の御世《みよ》でしたか、女御《にょうご》や更衣（という天皇の愛妾）が大勢おつかえなされていた中に、特に身分が高いというわけではありませんが、とても時流にのっていらっしゃる方がございました」

さて、この語り方の珍しさは何でしょうか。

答えは、地の文が敬語表現で書かれているということですね。三人称で語られている小説なのに、地の文が敬語になっているのだ。

天皇のことを語る時にはそれがくっきりとしている。「帝はそのようにお考えになり、こうおおせられたのでした」という調子の文章なのである。天皇でなくても、主人公の光源氏のすることでも、「そういう事情のある恋だとなると、かえってのめり込んでしまわれるところがあるので、こうおっしゃいます」のように敬語で語られている。

よく考えてみると、これはほかではほとんど見たことのない語り方である。

三人称で語る地の文が、なぜ敬語になっているのか。たとえば、女性などが一人称で語る形式の小説ならば、敬語を使うこともありうる。太宰治《だざいおさむ》の「斜《しゃ》陽《よう》」などもその一例だ。

「朝、食堂でスウプを一さじ、すっと吸ってお母さまが、

『あ』

と幽《かす》かな叫び声をお挙げになった。」(『斜陽』新潮文庫より)

これは、娘の視点で母のことを書いているのだから、一人称であり、敬語が使われて変ではない。

なのに「源氏物語」は、「それから宮中へ参内《さんだい》なされて、しばらく時間をお過ごしになった」という口調で語られているのである。

これは世界の文学にもあまり例がないと思う。たとえば英雄のアーサー王のことを描写するのだとしても、

「王は喜んで大いに笑った」

と語るのだ。小説の地の文で「お喜びになり」とやるのは変なのである。

どうして「源氏物語」は敬語で語られているのだろう。

その答えは、紫式部が、宮中の殿上人《てんじょうびと》のことを語る(天皇のことさえ語る)

のに、遠慮して、気配りして、上流世界をあおぎ見るように書いている形式を採用したからであろう。

つまり、これは高貴な方々のお話なのでございますけど、と下のほうから語っているのだ。

そして、実はその語り方のせいで、「源氏物語」はものすごく気品のある、典雅な物語だという印象になっているのである。憧《あこが》れの雲の上の人々の生活や恋が、この上なくきらびやかなものとして語られている、という感じがして、それだけでマイッタ、と言いそうになってしまうのだ。

考えていくうちに私はこういうことを思った。

ひょっとしたら、敬語を使って語っている「源氏物語」を国民の文学として持っていることによって、我々日本人はものすごく大きな影響を精神に受けているのではないだろうか。我々にはあの「源氏物語」がある、ということで、知らず知らずある価値観を植えつけられているのではないだろうか。

つまりそれは、私たちは高貴な方々が上品におわします社会に生きている、という実感である。私は単なる庶民だが、私たちの社会には尊いお方もいらっしゃいましてね、というような気分を、なんとなく持てているのではないかと思うのだ。

このことは言い方がむずかしい。それはすごく身分の違いということを意識した、差別的な感覚だとも言えそうなのである。天皇家とか貴族なんてものを、自分の誇りのように語る感覚だな、と言われると、返答に窮する。

私が思うのは、そこまでの上流礼賛《らいさん》ではなくて、なんとなくの民族の誇りのようなことである。私たちはこういう尊い社会性もある国にいる、という立脚点の確認というか。

たとえば、『国家の品格』とか『女性の品格』とかいう本が話題になり、品格という言葉がはやった時期があった。そして、品格なんて言葉を使われてみて、ああわかる、と日本人は思えるのだ。そうだ、日本人がそれを忘れて失ってしまってはゆゆしきことだよ、なんて気がする。

そういう、国民性の中にある行儀のよさ（日本人の国民性に一方で恥ずかしいほど行儀の悪いところもあることを私は知っているが）のようなものは、我々が敬語で語られる国民文学を持っているからこそ生じたものなのかもしれないと、最近私は思いついたのだ。

今のところまだ、ちょっとそんな気がしたぐらいのことなのだけれど。

民族の教養としての古典

しかしながら、我々日本人にとって「源氏物語」の価値は、あれが国民の文学としてあってくれる、ということである。国民の文学とはどういうことかというと、教養としての古典の位置にある、ということである。

そう言うと、「源氏物語」は日本人の教養でしょうか、と言う人がいるかもしれない。あの名高い小説を、通読している人はごくごく少人数ではないでしょうか、と。

そして、なんとか一部分を読んでいる人がいても、その多くは現代語訳されたものを読んでいるのであって、原文で読める人はほとんどいない。そんなことで、あれが私たちの教養だと言えるのでしょうか。

そう言う人が多いかもしれない。

だが、私の言う教養とは、読んで知っているという意味ではないのだ。その民族の中に生きていて、文化の土台としてなんとなく知っている、ということがあるもので、それが古典の教養なのだ。

たとえば、欧米の人々は聖書の中の話をなんとなく知っている。熱心なキリスト教徒でなくたって、エデンの園のことは知っているものだ。アダムとイブが蛇《へび》にそそのかされてそこの禁断の実を食べたので、楽園を追い出されたってことも知っている。大洪水があった時に、ノアが何をしたかも知っている。ソドムとゴモラが退廃と悪徳の町だということも知っている。

　また、欧米ではギリシア神話のことをなんとなく知っていることも文化の土台である。

　アキレウスは無敵の英雄だが、かかとに弱点があり、そこを切られて死ぬことは知ってて当然の常識なのだ。だからあそこにある腱《けん》にアキレス腱という名がついている。

　オデュッセウスがトロイ戦争のあと、故郷の我が家へ帰るのに十年もかかって苦労した話はみんななんとなくきいたことがあって、オデュッセウスときけば旅に苦労する人だと、わかるのだ。だから「2001年宇宙の旅」という映画の原題が「2001　ア・スペース・オデッセー（オデュッセウスの英語読み）」なのだ。

　そのように、民族ごとにある文化の土台のことを私は教養としての古典だと言っている。そして、そういう土台があることは文化のためにとてもありがたいことなのである。

さて、そう考えてみたところで、振り返れば我々にはまさにその位置に、「源氏物語」があるではないかと思うのだ。

読んでるか読んでないかはどうでもいいのだ。たとえば、自分の好きなタイプの女性をまだ子供の時に目をつけておいて、自分で育てるようにしてついに妻とする男性がいたとしたら我々は、光源氏が紫の上にしたようなやり方だねえ、と思うのである。それだけはなんとなく知っているのだ。

若い男たちが徹夜で女性論を戦わせていれば、「雨夜《あまよ》の品定め」かよ、と思うのだ。思って下さい。

だって、「源氏物語」は何度も映画になり、テレビドラマになり、漫画化もされていて、まるで何も知らないということは不可能なのである。光GENJIというアイドル・グループだっていたことがあるのに、それも知らないなんておかしいのだ。なんとなく日本人は、光源氏は女にすごくモテてね、というところまでは知っている。

そして考えてみれば、日本中の大学の国文科で、どれだけの教授が「源氏物語」の講義をしていることか、だ。そして女子大生たちが、たとえ講義のごく一部であろうとも興味を持って、気にしてきいている。

末摘花《すえつむはな》みたいに鼻のてっぺんが赤いブスだったら悲劇ね、とか、六条御息所の嫉妬心からの物の怪《もののけ》はこわいけど、あの人のことはなんだかわかるのよね、とか、朧月夜《おぼろづくよ》ってとんでもないあばずれ女だけど、そこが格好いいのよね、なんて言える女性は思いのほか多いのである。

それがつまり、我々の文化の土台にある教養としての古典である。日本人には、聖書もギリシア神話もやや遠いものである。だが、それにあたる民族の共通知識として「源氏物語」があるのだ。

そういう古典をバックボーンに持っていることは、文化的にとても意味が大きい。そして、実はそれが世界文学レベルから見てもとても価値の高いものだというのだ。我々にそんな大変なものがあったなんて、嬉《うれ》しいことではありませんか。

さあ、漫画化された「あさきゆめみし」でもいいから、「源氏物語」に接してみましょうよ。

第三章
短歌のやりとりはメールである

短歌は恋の駆引き

もう少し「源氏物語」をとっかかりにして、日本の古典文学について考えてみたいと思う。

そこでまず、こういうことを言っておきたい。私は、相手が日本人ならば、もし読めるものなら「源氏物語」は読んだほうがいいですよ、とすすめる。なにせ日本人の教養の位置にある古典なのだから。

ただし、あれを原文で読めとは私は言わない。作家が現代語訳した翻訳版で読めばいいのだ。国文学者でもない限り、あれを原文で読むことは不可能であろう。その意味では、外国語で書かれているも同然なのだ。一般の人は、翻訳のおかげで近づくことができるのであり、それで十分なのである。

国文学者による現代語訳もあるのだが、それよりは作家の訳したもののほうが読みやすいと思う。学者はつい、原文の一字一句を大切にしてしまい、日本語としてこなれの悪い訳になりがちなのだ。

幸いなことに、何人もの作家が「源氏物語」の現代語訳をしてくれている。与謝野晶子《よさのあきこ》、谷崎潤一郎《たにざきじゅんいちろう》、円地文子《えんちふみこ》、瀬戸内寂聴《せとうちじゃくちょう》などの訳が容易に手に入るのであり、ありがたいことだ。どの作家の訳がいちばんいいかは、読み手の好みもあって一概には言えない。

さて、そういう現代語訳のおかげで「源氏物語」は現代人にも読めるものになっているのだが、ひとつだけ問題点が残っているのだ。それは、作中の短歌をどうするか、ということである。

平安貴族たちは実にしばしば短歌のやりとりをした。ことに男女間では、短歌によって相手の気を引こうとするのが日常であり、一種のラブレターでもあったのだ。ちょっと噂《うわさ》をきいたことがあるだけの相手に対しても、あなたがどんな方なのか知りたくて、というような内容の短歌を贈る（使者などに届けさせる）のだから、ラブレターと言うよりは、恋の駆引きのゲームのようだと言ったほうがいいかもしれない。気を引いてみたり、お世辞を言ったり、すねてみたり、恨みごとを言ったりのすべてを、短歌で伝えるのである。

そして、歌がうまければ魅力的な人間だと思われるのだから、おろそかにはできない。古歌の教養などをふまえて詠《よ》むことが求められていたから、短歌を見れば相手の知性も見えるのだ。そういう重要なものだった。

紫式部は登場人物のひとりひとりについて、この人は知的な人だからこのぐらいの歌を作る、と決めて作っていかなければならないわけで、よくやったものだと感心する。あの物語の中には七百九十五首の短歌が出てくるのだ。

さて、その短歌の現代語訳に困ってしまう。意味を意訳していったのでは五七五七七ではなくなってしまい、短歌ではなくなる。かといって、現代語にして、五七五七七になっている歌に訳すのはほとんど不可能である。

歌人の俵万智《たわらまち》は『愛する源氏物語』（文春文庫）という著書の中で、「源氏物語」の中の短歌のいくつかを自分の短歌に詠み替えるということをしていて大変面白い試みなのだが、それは翻訳をしたというのとはちょっと違うことであろう。

というわけで、本文は現代語に訳せても、短歌だけはそのまま載せるしかないことになる。それでは意味がよくわからないから、註《ちゅう》や解説をつけて、内容を伝えるやり方になるわけだ。

ところが、それだと大変に読みにくいのである。現代語訳になっている本文はすらすらと読んでいけるが、「そこで光源氏はこういう歌を姫君に贈りました」などとあって、いきなり古文のままの短歌が出てくるのである。そして多くの人にとっては、短歌のうち三つに二つは、意味不明なのだ。

まず、現代語訳の本文と、古文の短歌では理解の深さがまるで違うので、読むリズムが狂う。そして、よくわからない短歌と、もってまわった解説を続けて読んでみても、文学的感興《かんきよう》はわいてきにくいのである。かなりうまく解説している場合でさえ、へーえ、そんなことを歌にこめるのか、ということがかろうじてわかるだけで、文学的感動を得ることはむずかしいのだ。

そんなわけで、私は「源氏物語」の現代語訳を読んでいて短歌が出てくると、ほとんど読みとばすのである。チラリと註を見て解説に目をやり、そうそう、いつもそんなふうに詠むんだよな、と思うだけで、その短歌を味わうどころではない。うまいのかへたなのかもわからないのであり、情けないことである。

短歌の処理をどうしたものか、というのは「源氏物語」の現代語訳の最重要ポイントなのである。

短歌を処理するさまざまな方法

そういうわけなので、ここで実例を見てみることにしよう。私の持っている谷崎潤一郎訳と、円地文子訳と、瀬戸内寂聴訳の本で、短歌がどう説明されているのかを見るのだ。

物語のどの場面を選び、どの短歌を取り上げるかは私が決めた。それは、「賢木《さかき》」の巻の、六条御息所と光源氏の歌のやりとりである。

場面の説明をするとこうだ。六条御息所という女性は、前《さき》の東宮《とうぐう》の妃でもあった教養と気品のある人なのだが、嫉妬心が強くて時には発作をおこし、物の怪となって取りついて嫉妬の対象を殺すことさえあった。夕顔という光源氏のたわむれの恋の相手も、葵の上という正妻も、六条御息所の物の怪が殺したのである。

その葵の上が死んで、六条御息所はもしかして自分が光源氏の正妻になれるのでは、と期待するのだが、それはなさそうだとわかる。それどころか、光源氏は私の嫉妬心が葵の上に取りついて殺したのだということを知っているようだと悟り、恥の思いを抱く。

そんな時に、六条御息所の娘が伊勢の斎宮《さいぐう》（伊勢神宮に奉仕する皇室の未婚の女子）に選ばれたので、都にいて恥を重ねるよりも、娘について私も伊勢に行こう、と決心するのである。

光源氏は六条御息所の嫉妬深さをうとましく思っていたのだが、そういうことになってみると、未練たらしく会いに行ったりする。そして、いよいよ六条御息所が出発すると、手紙を渡すのである。手紙にはもちろん短歌がしたためてある。

ここで基本的なことを言っておくと、短歌を贈るということは、必ず気を引くようなことを書くってことである。そういう気がないのなら出さなければいいのだから。光源氏には六条御息所に対してうとましい気持ちもあるのだが、歌を贈るからにはあなたが恋しいということを詠むのだ。そして六条御息所からは、翌日になって逢坂《おうさか》の関のむこうから返事がくる。その二つの歌がこうだ。まず光源氏のものが、

振《ふ》りすてて今日《けふ》は行くとも鈴鹿《すゞか》川
　八十瀬《やそせ》の波に袖は濡《ぬ》れじや

それに対する六条御息所の返事がこう。

鈴鹿《すゞか》川八十瀬《やそせ》の浪にぬれ〳〵ず
　伊勢《いせ》までたれか思ひおこせむ
　（『源氏物語㈠』山岸徳平校注、岩波文庫より）

さて、この歌を現代語訳本ではどう処理してあるかだ。谷崎潤一郎の新々訳

本（中公文庫）では、本文中の短歌はそのままで、頭註にこういう解説がある。まず光源氏の歌は、

「今日は心強く私を振り捨てていらっしゃるけれども、やがて鈴鹿川をお渡りになる時、八十瀬の波にお袖が濡れないでいるだろうか。あとできっと後悔の涙にお濡れになりますという意」

そして、六条御息所の歌は、

「私の袖が鈴鹿川の八十瀬の波に濡れようが濡れまいが、伊勢へ下った私のことなどを、誰が思いやって下さいましょう。あなたもじきにお忘れになりましょうの意」

とても丁寧な説明である。何かにたとえて人間の心情を伝えるという、短歌の技法の説明にもなっている。

さてところが、円地文子訳（新潮文庫）では歌の説明がとてもシンプルなのである。平安の人の歌のテクニックまで細々《こまごま》と説明してもわずらわしいだけだろう、と思っていたのかもしれない。本文中には短歌を原形のまま載せて、その見開きページの末尾に歌の意味が書いてある。光源氏の歌がこうである。

「私をふりすてて伊勢へ行かれても、あとでは後悔の涙にむせばれるのではな

いでしょうか」

六条御息所の歌はこう。

「伊勢に下った私が、鈴鹿川のほとりでいかに嘆こうとも、誰が同情してくれることでしょう」

八十瀬の波のことはあっさり無視している。ある意味わかりやすい手引きである。

そして瀬戸内寂聴の訳（講談社文庫）では次のようになっているのだ。短歌は原文のまま出てきて、その下に、小さな活字で五行詩がついている。すべての短歌を瀬戸内寂聴は五行詩に訳しているのだ。

光源氏の歌がこう。

「わたしをふり捨てて
今日出発されても
鈴鹿川を渡るころには
八十瀬の川波にあなたの袖が
濡れはしないだろうか」

そして、六条御息所の歌はこうだ。

「鈴鹿川の八十瀬の川波に
わたしの袖が濡れるか濡れないか
伊勢に行ったわたしのことまで
誰が思いやってくれましょう
あなただってきっと」

こういう手引きがあって、現代人は平安の人々の短歌をなんとか理解していくのである。しかし、これが少なからずわずらわしいってことは否定できないと思う。読んでいる人にしてみれば、そもそもなぜこんな状況の時にまで、相手の気を引くような短歌を贈りあっているんだろう、という心理がよくわからないのであり、鈴鹿川の波が荒いことをうまく詠み込んで心模様を伝えているなあ、と感心するところまでいかないのである。

パロディにした「源氏物語」

さてここで、私がやったお遊びを紹介してみよう。実は私はこの六条御息所と光源氏の別れのシーンを、パロディ化して現代小説にしたことがあるのだ。『読み違え源氏物語』（文藝春秋）という本の中の、「プライド」という一編がそれである。

ただし誤解しないでいただきたい。私はパロディ小説を書いただけであり、私の短歌の処理のしかたがいちばんうまい、なんて言う気はさらさらない。現代小説にしたせいでうまい手を考えつくことができ、それをやってみたらある面白いことに気がついたのである。私のその発見を説明するために、私のやったことをお話しする必要があると考えたのだ。

「プライド」という小説の主人公は、六条ゆかりという四十歳の大女優である。そして、年下で、新進気鋭と評価の高い映画監督、光用《みつもち》陽一と愛人関係にある。光用は女性に関してはマメな男で、いろいろと女優などに手を出しているのだが、それだけならば六条ゆかりは嫉妬しない。私が惚れるほどの男だもの、大いにモテるのよ、と思っていられるのだ。

ところが、光用が、このところぐんぐん注目を集めている若い女優に熱を上げ、自分の映画に続けざまに起用するという事態になって、ゆかりのプライドが傷つき始める。そこでその若手女優にタチの悪い意地悪をしたりする。

だが、光用に、あまりみっともないことはしないようにと言われて、自分の嫉妬心が見抜かれていたことを恥じるのだ。それは彼女のプライドが許さないことだった。

ゆかりにはシングル・マザーとして産んだ、高校生になる娘がいる。その娘が、アメリカのカリフォルニアにあるハイスクールに、交換留学生として行きたい、と言い出した時、ゆかりは私もいっしょに行く、と言うのだ。女優業は一時休業して、アメリカでオーバーホールする、というのだが、苦しいだけの恋から抜け出すためにはそうするしかない、と決断してのことだった。

ところがそうなってみると、光用は引き止める内容のメールを携帯に送ってきたりするのである。そういう、すべての人の心をつなぎとめておきたいと願うような男なのだ。

いよいよアメリカに旅立つ日がやってきた。そして、ゆかりは成田空港で携帯にメールが届いていることに気がつくのだ。それは光用からのメールで、こういう文面だった。

『カリフォルニアは記録的な大雨だそうです。それでも、ぼくをふりすてて行ってしまうのですか。きみが雨に濡れやしないかとそれが心配です』

それに対してゆかりは短いメールを返す。

『私が雨に濡れることなど、本当は気にかけていないくせに』

つまり、このメールが、私のやってみた短歌の処理なのだ。この二つのメールは、今回引用したあの二つの短歌の、現代版パロディなのである。時代を現代にしてしまっているんだもの、何だってできるさ、と言う人がいるかもしれない。そのメールと、あの短歌は意味がかなり違うぞ、ということを気にする人もいるかも。

だから私もうまい処理をしたと自負しているわけではない。ただ、こういうやりとりは現代ではメールのやりとりだよな、と考えて、そのようにしてみたらとても自然に書けた、ということに自分でも驚いたのだ。そうか、あれはメールのやりとりみたいなものだったんだ、と思いがけない発見をした気分になったのである。

私は「源氏物語」や「伊勢物語」などを読んでいて、当時の男女がさかんに短歌のやりとりをするそのわけが、ずっとよくわからなかった。男と女がろくに顔を合わせることもなく、ごくまれに垣根のすき間からのぞき見ただけで心ときめかせていた時代なんだから、人の噂に出るような人に短歌を贈り、それで恋の駆引きをしていたんだと説明されて、そうなのかとは思うが、それは知識でしかない。

それにしたって、なんだかもってまわった短歌を贈って、すねたりじらしたりするような返歌をして、それで恋になるのかなあ、と不思議だったのだ。それが、はからずもパロディ小説の中で短歌をメールにしてみた時、そうか、これだったのか、とわかったのだ。あの短歌のやりとりはメールのやりとりにそっくりなのである。

メールも短歌も心が躍る

しかしながら、私の理解は因果関係が逆転している。平安時代の短歌のやりとりは、現代のメールのやりとりに似ている、という考え方はもちろん変である。短歌の文化のほうがはるかに先にあったのだから、現代のメールはそれに似たものなのだ、と考えなければならない。我々が、平安の人と同じようなことをしているのである。

考えていけばいくほど、その二つはよく似ている。まだほとんどなじみのない女性に対しても、光源氏は情のある歌を贈る。まだお会いしたことのないあなたなのに、私の心はあなたを思って乱れるのです、みたいな内容である。

現代の人はそこまであからさまなラブレターにはしないだろうが、メールアドレスを交換した相手（この、アドレスを交換したことがゲームの始まりである）に、初めてメールするとなれば、よく思われたいという願望と無縁でいられるわけがない。初めてのメールでちょっとドキドキしています、と書いて、心臓がドッキンコの絵文字ぐらいはつけるであろう。そんなふうに気を引くに決まっているのである。

だから男性も女性も、異性からメールが来たとわかるとなんだかわくわくするのである。そしてその文面にハートマークが使ってあったりしたら、そうだったのか、と喜ぶのである。実際にはそれほどの意味はないことのほうが多いのだが。

でも女性も、ここにハートマークをつけておけば相手が喜ぶぞ、ということはわかっていて、そうしたり、そうしなかったりするのだ。心の底にはもちろん駆引きがある。だからメールは楽しいもので、みんな電車の中でまであんなにメールを作成しているのである。

光源氏は、一夜を共にして愛を交わしたその相手に対して、別れてすぐに短歌を贈ったりする。あなたに会うことができたというのに、別れればすぐまた心寂《さび》しくなる私です、みたいな歌だ。そうすると女から、そんなことばかりあちこちの人に言っていらっしゃるのではないかと、恋する私の心は震えます、みたいな返歌があって、恋は燃え上がるのだ。

同じように現代人も、その日はとりあえず食事だけを共にしたようなデートをして、別れてすぐ、今日は楽しかったです、というメールを電車の中で作成するのである。さっきまで顔を合わせていたんだからそこで言えばいいじゃないの、と思ってしまうが、メールはそういうこととは別なのである。そして女性が、どんな返事をよこすかが、今日のデートを楽しんだか、楽しまなかったかを読む判断材料なのだ。また誘って下さいね、という一文があればかなり望みありだったりする。

言うまでもないことだが、メールのへたな男性、うまくない女性もいる。今日はありがとうございました、ぐらいしか書けない人だ。そういう人は、気のないメールしか来ない人だもの、ということでモテない。

平安時代も同じだった。教養のしのばれる歌いぶりの中に、細やかな気配りさえ感じられて、まことにこの人は別格だ、という気がしてくるのであった、なんて物語には書いてあるのだ。贈られた歌があまりにありきたりで、物足りなくお思いになるのであった、などとも。

つまり、やりとり自体が恋のゲームなのだ。だから女性などはそこまでちゃんと意識して、めっちゃ楽しかったですーう、と書いて、両手を上げて万歳している文字絵（アスキーアートというもの）をつけるべきかどうかを計算しているのだ。そういう駆引きだからこそ楽しいのだ。

だから、そう好きじゃない異性からお誘いのメールが来てしまった時など、どのような返事を出すかはものすごく高度な計算とテクニックが求められることになる。ごめんなさい、その日は都合が悪いんです、と書けば事実は伝えられるのだが、そう返信してしまってはゲーム・セットである。そう好きじゃないのだとしても、先方がこちらを好きなのは悪い気分ではなくて、決定的につれなくしたくはない、なんてことが実際にはよくあるもので、さてどう返事するかである。

そういう駆引きを我々は楽しくやっているのだ。そしてもちろん、ひとりひとりに言葉遣い能力の違いはあるもので、みんな結局はその人らしいメールを出している。だからこそ相手をよく知るための判断材料にもなるのだ。

そう考えてみると、「源氏物語」で紫式部のやっていることのとてつもなさがよくわかるのである。彼女は実にさまざまな、百人以上の人の短歌を、その人らしく作っているのだから。不器用な人の短歌は不器用に作らなければならず、チャーミングな人の短歌はチャーミングに作らなければならない。それは信じられないくらいに大変なことである。

デリケートなコミュニケーション

そういうふうに考えていくと、あらためて日本文化の中での「源氏物語」の大きさに気がつくのである。

私は、六条御息所の物語を、現代小説としてパロディにした。しかし、ふと気がついてみると、現代人は恋の駆引きをメールでしているわけであり、それは平安時代の人が短歌をやりとりしていたことにそっくりなのだ。

だから言いようによっては、短歌のパロディがメールだ、ということにもなる。私がパロディをする前に、平均的日本人は自ら「源氏物語」のパロディをしていたようなものなのだ。

考えてみると、まことに日本人はメールが好きである。携帯電話というものが世に出現した時、すぐにそれには文字情報を送れる、つまりメールのできる機能がついた。すると日本人はそのコミュニケーション機能をこよなく愛したのである。

日本以外の国の携帯でも、文字通信はできる。私はハングルのメールを実際に見たことがあり、韓国でもメールがあると知った。英語圏などは文字数が少ないから、メール作成にはうってつけであろう。「ユー・ガット・メール」というパソコンのメールのやりとりを題材にしたアメリカ映画もあった。

だからメールができるのは日本だけではないのだが、私見では、どうも日本人ほどメール好きな国民はほかにないような気がする。日本人は電話に文字送信機能がついた時、ああこれは楽しい、と飛びついたのだ。

電話をかけて、通話をするのは用件がある時である。それから、今どこにいるの、などと返答をその場で求める時である。

メールでするコミュニケーションは、それとはちょっと違う。とりわけ用件があるわけでもない時にでも、今日は楽しかったね、とか、私は今日テーマパークに行きました、楽しかったよん、のような、声かけ活動のようなことをするのである。無事に帰れましたか、みたいなメールは、気配りして声をかけあうという精神活動から出てくるのであり、人間関係の潤滑油の働きをしているのだ。

つまりは、短歌のやりとりで心を交わそうとしているのと同じなのである。

私は第二章の中で、「源氏物語」は日本人の教養の土台に（みんなが気づかないうちに）なっている古典だということを言った。そういう古典を持っている私たち日本人は、誰に教わるわけでもないのに、「源氏物語」の中にいっぱい出てくる短歌のやりとりは、人と人の心をつなぐとても大切なコミュニケーションだということを知っているのだ。そういう人間関係をうまく作れてこそ、知恵ある大人というものなんだと、無意識のうちに教えられている。そんなすごいことを教えてしまう力が、その国の教養としての古典にはあるのだ。

だからこそ、携帯でメールができると知った時に、小学生の女の子ですら、これは友だちと仲よくなるためのすごくいい道具だ、と感じ取るのである。

私は以前、駅のホームで他人の作成しているメールの一部分をチラリと見てしまったことがある。のぞき見の癖《へき》があるわけではないのだが、私のすぐ前で私よりかなり背の低い若い女性がメールを作成していて、肩ごしにその一部分が目に入ってしまったのだ。いかにも今風の、ファッションなどにも気を配った、よく見かけるような若い女性だった。

そのメールの一文を見てしまった時に私は、なんてデリケートな文章を書いているものか、と驚いたのだ。それはこんな文章だった。

「○○ちゃんって、そういう時きいてあげちゃう人だもんね。疲れたでしょう」

同性の友だちにあてたメールだと思うが、あなたが気配りして疲れちゃってることを私は知っているよ、ということを伝えているのである。そして、決して相手の心にずけずけとは踏み込まず、さりげなく、わかってるよ、とだけ伝えて力づけている。こんな微妙なことをメールで伝えあっているのかと、ある種の感動をしたくらいだ。

そういう繊細で、押しつけがましくない人と人の心の触れあいが、日本人の精神性から出てきている。そして、その繊細さをダイレクトに「源氏物語」の繊細さに結びつけ、すべてはあの物語から生じている、と結論づけるのはいくらなんでも強引すぎるであろう。あの時の女性は「源氏物語」の授業の時にはあくびをしていた人かもしれない。

だが人間というものの心模様をあれだけ見事に書いた物語が、私たちの国にはあるのだ。そうだとすれば、日本人の精神性について考えていくと、その土台のところにはどうしたってあの物語が出てきてしまうと、そのぐらいには言えるのかなと思うのである。

第四章

エッセイは自慢話だ

「枕草子」はセンス自慢

この頃、随筆という言葉をあまり耳にしなくなった。昔ならば随筆と言ったもののことを、今はエッセイと呼ぶのが普通である。私のところに来る原稿の執筆依頼でも、随筆をひとつ、と言ってくることはほとんどなく、エッセイをお願いします、となっている。時代が変わって、随筆という言葉はエッセイにとって代わられたと考えるべきだろう。

厳密に言うと、随筆とエッセイは少しばかり違うものである。日本文学における随筆は、雑事を随時に書き綴《つづ》ったもので、論理性で主張を押しつける感じではなく、筆のすさびで気軽に思うままを書きつらねたものである。

それに対して特にイギリスで盛んなエッセイは、ある主題についての不規則でまとまりのない記述、と説明される。まとまりのある記述ならば論文になってしまうが、そこまではいかない雑書きがエッセイだというのだ。だが、エッセイには普通主題があるのであり、心に浮かぶことを取りとめもなく書く随筆とはそこが違うのだ。

だが、いつの間にか随筆という言葉がほとんど使われなくなってしまったのだから、エッセイという言葉を使うしかない。日本のエッセイ文学について考えてみよう。

日本のエッセイの第一号が、九九六年〜一〇〇一年頃に書かれた清少納言（生没年未詳）の「枕草子」であることには疑いの余地がない。「源氏物語」よりも少し古いあの、思いつく端から書いた美的センスの見本帳のような作品が、我が国のエッセイ始めなのだ。

春は曙《あけぼの》の時間帯がいちばんいい。夏は夜、冬は早朝。そういう個人的感覚での決めつけがまことに言い得ている感じがして気持ちいい。女性ならではの感性のきらめきがあって、しかも知性も感じさせるのだ。

虫でいいのは何と何。星はすばる。樹は何が好き。というようなモノづくしも、単に好みのものを並べているだけのようでありながら、並べ方に芸があり、思わず納得してしまい、影響力の大きさに驚く。

そうかと思うと、ふいに人の噂話が出てきたりし、ほんと、センスの悪い人にはあきれるわね、というような悪態になるのも、これぞ女性の書くことなり、という気がする。

そして、清少納言は正直な人で、自分の恋の体験まで平気で書いてしまうのである。たとえば第二十五段（底本＝三巻本）は「すさまじきもの（興ざめなもの）」という項目なのだが、そこに彼女はこんなことを書いている。私の意訳でご覧いただこう。

「家に通ってくれるようになった男が来なくなってしまうのは、ほんとがっかり。宮中に仕える身分のしっかりした女に取られたんだとわかって、勝てないから泣き寝入りするのも、ムカムカしちゃう」

この正直さが清少納言の痛快さである。関西の若者言葉で言うなら、清少納言には〈男ッ《オ》トコ前やなぁ〉というところがあるのだ。

清少納言はなぜ「枕草子」を書いたのか。彼女はあそこで、何を伝えようとしているのか。それを考えてみよう。

清少納言は一条天皇の妻であった中宮定子《ていし》に仕えた。その頃、中宮定子のまわりには華やかな才女が集まって、きらびやかなサロンの様相を呈していた。

ところが、定子の父親藤原道隆《みちたか》が亡くなってしまい、定子サロンに翳《かげ》りがさす。道隆の弟の藤原道長が権力の座につき、娘の彰子を入内させるのである。

時勢は彰子サロンのほうに移ってしまう（彰子のサロンに紫式部がいた）。

そんな中、定子が若くして亡くなる頃、清少納言は「枕草子」を書いたのである。そこにはつまり、かつての定子サロンに教養があり、センスも抜群だったことを世に知らしめて、定子の遺児の立場をよくしよう、そしてついでに自分の立場もよくしよう、という目的があったのだ。「枕草子」の内容は、実は、今は時流から外れてしまいましたが、定子様とその近辺の私たちは、こんなにも知的でセンスがよかったのですよ、ということを世に訴えるためのものだったのだ。

そういう思惑が裏にあるから、「枕草子」はなんとなく自慢話めく。そして清少納言の人柄もあって、どうしたってセンス誇りの調子になるのだ。

だが、これが日本のエッセイ文学の源流なのである。私は、時流から外れた人がセンス誇りをする、というやり方をどちらかと言えば好ましく思う。それは、時流に乗って権力の中枢《ちゆうすう》にいる人が自慢するのよりは、ずっと味わいが深い。時の覇者《はしや》が自慢するのはその臆面《おくめん》のなさに気持ちが引いてしまうが、今は落魄《らくはく》している人の自慢だからきけるのである。

ともあれ、日本のエッセイ第一号はそういうところから出てきて、それが日本のエッセイの特徴になっていった。以後のエッセイはすべて、無自覚的に「枕草子」の影響を受けているのである。

「方丈記」には主題がある

鎌倉時代初期の一二一二年に成立した鴨長明《かものちょうめい》（一一五五頃〜一二一六）の「方丈記」が、第二のエッセイ文学である。ただし、「方丈記」は日本文学の中にあって珍しく、随筆ではない。それよりもずっと、イギリスやフランスで言うエッセイに近いものである。

その違いはもう説明しましたね。思い浮かぶ端からの雑事の書きとめではなく、主題があってそのテーマを人に伝えるために全体が構成されているのである。「方丈記」の主題は、人の世は無常であり、はかない、ということだ。

「方丈記」は次のように始まる。

「ゆく河の流れは絶えずして、しかももとの水にあらず。よどみに浮ぶうたかたは、かつ消えかつ結びて、久しくとゞまりたるためしなし。世中《よのなか》にある人と栖《すみか》と、又かくのごとし」（『方丈記』市古貞次校注、岩波文庫より）

世の中のすべてのものは、川の流れにできる泡のようにはかないもので、人も人の住む家も同じだと言うのだ。

そしてこの書の前半に鴨長明は、仏教的無常観をひたすら説く。すべてのことは悲しくはかない、ということを説くために、実際にあった大火、飢饉《ききん》、大地震などの天変地異の記録を語るのだ。まったく世も末なのである、という立場から語るので、ある意味冷厳《れいげん》な記録文学になっている。人が心を休める住居はそこに求められるであろうか、と嘆いて前半は終わる。

そして後半では、一転して、五十代で世捨て人になり、山の中に方丈の庵《いおり》を結んで住む自分の暮らしの楽しさ、安らかさを語るのである。社会に対する欲を一切なくして、自分の心の内に遊ぶ生き方のすすめだ。閑居《かんきょ》の素晴らしさであり、言い替えれば、世捨て人になる幸せを説くのだ。

ここまでの流れは首尾一貫して、ひとつの主題、この世は無常なり、を説くために構成されており、イギリスのエッセイに近いものだな、と思うわけである。

ただし鴨長明は主題を言いきってそこで終わりにはしない。「方丈記」はいちばんおしまいの部分で、調子が乱れるのだ。長明はこういうことを言い出す。

「しかし、仏の説くことは、物事に執心するなということだ。私が今粗末な庵を愛するのも、一人暮らしを喜ぶのも、こだわりではないか。心から仏の道を進むにしては、私は邪念にとらわれすぎているのではないか。そう自分に問うてみて、答えようが見つからない。ただ、念仏をとなえるばかりである」（大意）

これは言ってみれば、ここまで世の無常を説き、いっそ世捨て人になる幸せを説いてきたのを、最後にひっくり返しているわけだ。そう思う私こそ、執着していて悟りきってないのかもしれないね、と。

堂々と主張を言いきらないで、そんなふうに考えている私こそ、実は迷いの中にあるのかもしれないね、と終わるのだ。

だから、エッセイとしては乱れがあって、力強さに欠けるかもしれない。しかし、この結論はとても日本人ぽいもので、我々にはかえってよくわかるのではないだろうか。主題をストレートに主張するのではなくて、迷いの中に漂《ただよ》わせるほうが奥が深いような気が、我々にはするのだ。

そして、清少納言は女性であり、鴨長明は男性であるという違いが、ここに出ているような気がする。今はもう権力の座にないからこそ、清少納言は自分たちのセンスのよさをストレートに自慢する。ところが男性である鴨長明は、自慢して終わりということにはできないのだ。いやいや、これもまた愚かな迷いなのかもしれないが、と書いて終わりにしてしまうのである。まことに面白い。

そういう違いはあるのだが、根本のところでは「方丈記」は「枕草子」と同質のものである。日本のエッセイは時流から外れた人が書く、という点で両者には共通性があるのである。

鴨長明は一時は歌才を高く評価され、「新古今和歌集《しんこきんわかしゅう》」の編者の一人にも選ばれた。後鳥羽上皇に抜擢《ばってき》されて、下賀茂の河合社《ただすのやしろ》の禰宜《ねぎ》に推薦された。ところが、反対者がいてそのことがうまくいかないとなると、彼は宮廷を失踪《しっそう》してしまうのだ。そして出家してしまい、隠遁《いんとん》生活に入った。

そんなところが、まことに文学的な生き方なのである。ひたすらに出世していくのではなく、ふと何もかもがいやになって世を捨ててしまう。そして、こういう私の生き方こそ美しいではないか、というエッセイを書くのだ。

後に、長明は将軍源実朝《みなもとのさねとも》の和歌の師に推されて鎌倉に下るのだが、その時もすぐに虚しくなって、三、四ヵ月後にはまた山の中の草庵《そうあん》に戻ってしまう。そのように、うまく出世できない人だったからこそ彼には「方丈記」が書けたのだ。

「徒然草」はエッセイの見本

ささてさて、鎌倉時代の後期になって、一三一〇年頃〜三一年頃に書かれたのが「徒然草」だ。作者は兼好《けんこう》（本名を卜部《うらべ》兼好《かねよし》とも、吉田兼好ともいう。一二八三頃〜一三五〇頃）である。この「徒然草」こそ、日本のエッセイの第三弾であり、ここに日本のエッセイの形は決定した、と言っていいほど重要なものである。

「徒然草」の序段の一文はよく知られているであろう。

「つれ〴〵なるまゝに、日くらし、硯《すゞり》にむかひて、心に移りゆくよしなし事《ごと》を、そこはかとなく書きつくれば、あやしうこそものぐるほしけれ」（『徒然草』西尾実・安良岡康作校注、岩波文庫より）

暇にまかせて、心に浮かび上がってくるどうでもいいことを、何気なく書きとめていたら、ついノッてきて、取りつかれたようなものが書けてしまった。

まずこの、執筆の態度が日本のエッセイ（つまり随筆）としてまことに正しい。主題があって書くのではなく、心に次々と浮かんでくることを書きとめただけ、としているのだ。

そしてまた、形式も「枕草子」に倣《なら》っている。第何段、というふうに短い段を並べていくやり方が、まったく同じなのである。

その内容は、自然や人生に関するさまざまな感想や思索で、無常観を説く段もあれば、恋愛論の段もある。為政者《いせいしゃ》の心がけを説くかと思えば、王朝風の物語のような段もある。何事も昔のほうがよかった、と言ってみたり、何であれその道の名人からは学ぶべきことが多いと言ってみたりする。噂話を紹介して愚かな失敗を笑いのめしたり、さりげなく自分の自慢をしたりする。自由自在に、ユーモアのある語り口で教訓をたれるのだ。

これぞまさしく日本のエッセイなのだ。とにかくさまざまな話題や思想がこめられていて、興味がつきない。

「徒然草」のいくつかの段を見てみることにしよう。例によって私の意訳だから、大胆にわかりやすくしている。

第二十二段

何につけても、昔のほうがずっとよかった。今風のものは、やたらにいやしくなっていくばかりだ。たとえば木工職人のつくる器などでも、古い昔のもの

のほうが味がある。手紙の言葉なんかでも、昔の書き古しを見ると実にいい。今のものはどうしようもない。（以下略）

第五十六段

長く会わないでいて、久しぶりに会った人が、自分の側にあったことを夢中でしゃべりたてるというのは、げんなりするようなことである。久しぶりなんだから少しは遠慮するというのが知性ある人間というものであろう。だいたい、教養のない人間は、ちょっと外出しても、見てきたことを興奮しまくってしゃべりたてるのである。品格がないのである。

第七十八段

最近流行の珍しいことについて、やたらに言い広め、もてはやしているのはバカである。それより、世間で流行遅れになってしまうまで、できごとを知らない人こそ奥ゆかしい。

また、新参の人などがいる席で、自分たちだけが言い慣れている特別の言いまわしなどを、仲間同士で隠語のように言いあって、目くばせをしたり、笑ったりして、意味のわからない人にもの知らずの思いをさせることは、実はそっちこそ世間知らずで、教養のない人間がやることである。

第百十七段

友だちにするのに悪い人が七つある。一つには高貴な身分の人、二つには若い人、三つには病気をまったくしない健康な人、四つには大酒飲み、五つには勇気ある武者、六つには嘘《うそ》を言う人、七つには欲の深い人。

友だちにするのによい人は三つある。一つには物をくれる人、二つには薬のわかる人（医者）、三つには知恵のある人。

第百三十七段

桜の花は満開の頃に、月は隈《くま》のない満月を見るだけがいいのだろうか。雨に対して見えない月を思ったり、家にこもっていて春の来たのに気づかないのも、かえって情緒のあるものだ。もうじき花の咲きそうな梢《こずえ》とか、花の散りしおれた庭などもなかなかの見所である。歌の詞書《ことばがき》にも、「花見に行ったが、もう散り過ぎていたので」とか、「差し支えがあって出かけなかったので」などと書いてあるのは、「花を見て」と書いてあるのに劣るとは思わない。花が散ること、月の傾くことを惜しんで慕《した》うのが当然のことなのに、無風流の人は「この枝もあの枝も散ってしまってもう見る価値なし」などと言うものである。

何についてでも、いちばんの盛りより、始まりの頃、終わりの頃こそ味がある。男女の情愛についても、ただ会って楽しむばかりがいいわけではない。会わないでいるままになっているつまらなさを思ったり、はかない契りを恨んだりして、長い夜を一人で明かし、遠い雲に思いをはせ、浅茅《あさじ》の生える荒れた宿に昔の恋を偲《しの》んだりする人こそ、プレイボーイというものだろう。（以下略）

第百五十一段

ある人の言うには、五十歳になるまで上手にならないような芸はやめてしまったほうがいいのだとか。その年ではげんで習っても将来がない。老人のやることなので、人も笑うわけにはいかない。大勢に交じって習っている姿も、可愛くなく見苦しい。年を取ったら、何であろうと仕事はやめて、暇のあるほうが見ていて気持ちのいいものだ。世間の俗事に関《かか》わって生涯を暮らす人は、どうにも愚かである。面白そうだと思ったことでも、一通り学んでその味わいを知ったところで、だいたいわかったとやめておくのがいい。もっといいのは、初めから習おうなどという気持ちがおこらないですむことで、それが何よりである。

兼好は世の中を叱《しか》る

兼好は意地悪おじさんである。ここに紹介したいくつかの段を読んでみれば、世間の人々をバッタバッタと斬り捨てているのがわかるであろう。まことに世の中には頭の悪い人がいるわけで、困ったことではないか、ということを書きまくっているのだ。知ったかぶりをする人ってやだねー、ステレオタイプの美しかわからない野暮な人が多いねー、老人になってもまだ何かを習おうなんて見苦しいねー、というようなことを書きつらねる。

しかし、この世の中のメッタ斬りこそ、『徒然草』の面白さであり、読みどころなのだ。世の中を叱りとばすその芸を楽しまなければならない。

兼好もまた、時流の外に生きた人である。もともとは名高い神官の家の出で、一時は宮中で役職についたりして、歌人としても名をなした。また、足利尊氏や、その家来の高師直《こうのもろなお》などとも深いつきあいがあった。

だが、だんだんと厭世的《えんせいてき》になって、ついにある時期に出家遁世《とんせい》したのだ。本名の兼好《かねよし》を音読して、「けんこう」という僧になったわけだ。そして、社会の外から、みんな愚かだよねえ、というお叱りエッセイを書いたのである。

たとえば、人間も五十歳になったらもう習い事なんかよそうよ、という段を書く時、それは一般論ではないと思わなければならない。そこを書く時の兼好の頭の中には、あの人やこの人、と具体的な顔が思い浮かんでいるはずだ。いい年をしてまだ出世したくて、必死で勉強してる姿は見苦しいねー、ということを言っているのである。

そしてもちろん、そういう愚かさから脱している自分のことを自慢しているのだ。私などはもうそういう見苦しい欲をサラリと捨てて、何にもとらわれずに生きているのであり、見事だよね、という自慢があるに決まっているのだ。

要するに、実は自慢なのだけれど、それをどれだけ読み手に共感させるかというのが芸の見せどころで、兼好はその芸の名人なのである。だから、そういう毒のある段ほど読んで面白い。

「徒然草」は中学生も国語教育の中でその一端に触れさせられるのだが、その時、どうでもいいような教訓ばかり読み取らされているのは、気の毒なことだ。仁和寺《にんなじ》の法師が案内人なしで石清水《いわしみず》にお参りして、本堂を見ないで帰ってきちゃった、という話から、案内人、つまりナビゲーターの重要さを知ろうね、と国語では言うのだ。そんなのちっとも面白い話ではない。

木登り名人が、もうちょっとで無事に下りられるという時こそ、用心しなきゃいけない、と言った話も、教訓として受け止めるとあまり面白くない。それよりも、兼好の毒や意地悪を読み取るべきなのである。例の仁和寺の法師が、鼎《かなえ》をかぶって抜けなくなり、血みどろになった話を読んだら、兼好はその法師のことを心からバカにしているなあ、というのを読み取るのだ。あのバカが、という気分がにじみ出ているのに、学校の先生は、とても滑稽《こっけい》な失敗談ですね、というふうにまとめてしまうのである。

「徒然草」の楽しみ方は、兼好のお叱りを笑うことである。もう亡くなっている人生幸朗《じんせいこうろう》・生恵幸子《いくえさちこ》師匠のぼやき漫才ではないが、うわあ、このおっさんまたボヤいてはるわ、と笑うべきなのだ。そのように笑ってから、しかしうまいこと世の中を斬るものだなあと感心するのである。そして、知恵ある人のエッセイは、世の中を斬り捨てるその芸に味わいがあるのだと感じ取らなければならない。そういう人にしてみれば世間とは、見苦しく、腹立たしいことばかりなのである。だからこそ世間に対して知的な蹴《け》りを入れて、なかなかわかっている人は少ないのだよ、と嘆いてみせる。それが日本文学の中のエッセイなのだ。兼好はそういうエッセイを確立したのである。

男は兼好、女は清少納言になる

というわけで、兼好は「徒然草」によって日本の知的エッセイの基本型を作ったのだ。だから今日《こんにち》においても、人はエッセイを書かなければいけないとなると、兼好のように書こうと思ってしまうのである。

エッセイ＝世の中へのお叱り、という公式がくっきりとできあがっていて、人はエッセイで愚かな世の中を叱るのである。

エッセイの執筆依頼が来たということは、どうか世の中の間違いを叱ってやって下さいと言われたに等しいのである。みんな、嬉々《きき》としてぼやき始めるのだ。そういう意味で、「徒然草」こそが日本のエッセイの原型なのである。

若い頃に「徒然草」を読んだ日本の男性が、年を経て大人になり、エッセイを書いてくれと言われた時、あんなふうに世の中の愚かしさを叱っていいってことだな、と感じて、嬉しくなっちゃうのである。ジジイには世の中に文句を言いたいことが山ほどあるのだから、書くことには困らない。

若い女性が電車の中で化粧するのも、若者が「空気が読めない」と言われるのにビビるのも、日本がアメリカの言いなりなのも、敬語が乱れているのも、すべてけしからんのである。ああ日本はダメだ、この私を少しは見習え、と書いていい気分になるのだ。

そういう意味で、兼好の「徒然草」は日本の知識人のエッセイの原型である。みんな兼好のように毒づけるのが嬉しくて、イキイキしちゃうのである。

ただし、それは日本の男性が書くエッセイのこと。日本の女性の書くエッセイはそうではない。なんと、伝統の力のあまりの大きさに驚くのであるが、日本の女性が書くエッセイのお手本は、清少納言の「枕草子」なのである。つまり、何が書いてあろうが、そこで言っていることをまとめてみれば、私ってセンスがいいの、という自慢なのだ。

昨今、女性のエッセイもなかなか高度に発展してきて、一見しただけでは自慢だということがわからなくなっている。わざと自分のことを卑下《ひげ》してみたり、必要以上に自虐的になったり、自分のドジを強調したりするものが増えているのだ。私は負け犬ですけどね、というところから論考が始まるものさえある。

でも、語り口は多彩になったとはいうものの、結局のところ女性のエッセイが伝えようとしているのは、そんなドジな私のセンスのよさがわかってもらえるかしら、なのである。

それは決して悪いことではなくて、清少納言のすごさを思い知る、という話である。

女性はエッセイを書こうとすると、清少納言になってしまう。そして男は、ついに私にも発言の順番がまわってきたのかと喜び、兼好になってしまい世の中を叱るのである。とどのつまりは、女性にとっても男性にとっても、私こそセンスがいい、私こそ知的であるという自慢をうまく芸で処理して書くのがエッセイなのだ。そう考えてみると古典の影響力の大きさにただ驚くばかりである。

ただし言うまでもないことながら、兼好にしても清少納言にしても（鴨長明もまたしかり）、時勢の外にいてああいうエッセイを書いたから読む気のするものになっているのである。あれが、権力の中枢にどっかと存在して、そのことを誇る自慢話を書いたのなら鼻持ちならないであろう。

つまり、一流会社の社長の書く、とにかく誠実さと熱心さだけをモットーとして生きてきた、みたいなエッセイが面白くないのはそのせいなのである。経団連の大物の、日本は今後こう進んでほしい、というようなエッセイもシラけるではないか。セレブの奥様の、人と人との出会いをありがたいものとして大切にしていきたい、なんていうエッセイも、何をこきやがる、という気がするものだ。それで正しいのである。

日本のエッセイは、時流から外れて不遇をかこつ人が、だがしかし私にはこれがあると負け惜しみの自慢をするという伝統の中にあるのだから。だからこそ、聞くに値する真理にまで達していることがままあるという、ねじれた言論文化なのだ、エッセイとは。

その意味で、兼好の「徒然草」と清少納言の「枕草子」は、エッセイの二大お手本であり、最高傑作なのだ。

エッセイとは、自慢話をどうやって人に納得させつつ聞かせるかという、大変高度で面白い文芸なのかもしれない。

第五章

「平家物語」と「太平記」

滅びの美に日本人は弱い

「平家物語」の第一巻の冒頭の文章は、世の無常を説く名文であり、暗記している人も多いであろう。

「祇園精舎の鐘の声、諸行無常《しょぎょうむじょう》の響あり。娑羅双樹《しゃらそうじゅ》の花の色、盛者必衰《じょうしゃひっすい》のことわりをあらはす。奢《おご》れる人も久しからず、唯《ただ》春の夜の夢のごとし」（『平家物語㈠』梶原正昭・山下宏明校注、岩波文庫より）

祇園精舎の精舎は、寺院、僧院をあらわすサンスクリット語の音訳で、まあ、お寺と考えればいいだろう。祇園のほうは、祇樹給孤独園《ぎじゅぎっこどくおん》の略である。それは、釈迦《しゃか》のためにある長者が寄付した、仏教の修行場の名だ。

少しややこしい雑学を、さらりと披露しよう。古代インドのコーサラ国の都シュラーバスティー（舎衛城《しゃえじょう》）に、スダッタ（須達《しゅだつ》）という長者がいた。その人は貧者に食を施したりする慈善の心に富んだ人だったが、ブッダの熱心な帰《き》依《え》者となった。そこでブッダのために僧たちの修行場を寄付したのだ。

その地の王の息子のジェータ太子（祇陀《ぎだ》太子）から園林を買いとって、そこをブッダに提供し、精舎、房《ぼう》、門、勤行堂《ごんぎょうどう》、食厨《じきちゅう》、廁房《しぼう》などを建てて、雨期でも心おきなく修行のできる道場としたのだ。

　祇樹とは、ジェータ太子の林、という意味である。もともとはそういうところだった、ということをあらわしている。給孤独は、スダッタの異名。漢語仏典の中では、スダッタ長者のことを「孤独な人々に食を給する人」の意味で、給孤独長者と訳しているのだ。

　つまり、ジェータ太子の園林をスダッタ長者が買って寄付した園、という意味なのが祇樹給孤独園で、それを略したのが祇園だ。

　現在、インドのウッタル・プラデーシュ州の北部にあるサヘートマヘートの遺跡がその跡であろうと言われている。

　一時はブッダの弟子が大勢修行をして栄えたのだが、比較的早くそこは滅びていった。

「西遊記」で有名な玄奘三蔵《げんじょうさんぞう》が七世紀に行った時には、そこはすっかり荒廃していて、彼はその様子を記録した。

　その話が、日本に伝わったのであろう。一度は大いに栄えた祇園精舎も、今ではすっかりさびれて、鐘の音がゴーンと鳴り響いてもひたすら寂しいばかりだ、という言い方が生まれたのだ。

実はその話には日本人の思い違いがあった。寺院に鐘、というのは日本の風習で、インドの仏教寺院には鐘はないのだ。そんな誤解によって生まれた言いまわしなのである。

娑羅双樹の花の色、についても簡単に説明しておこう。釈迦が入滅《にゅうめつ》した時、その四方に二本ずつ娑羅の木が生えていたのだが、釈迦の死を悲しんでか、花の色が一夜で白く変わったと伝えられている。

というわけで、祇園精舎の鐘の声からは、すべてのことは無常だという定めが伝わってきて、二本ずつあった娑羅の木の花の色からは、どんなに栄えた人も必ず滅びる、という真理が感じられるではないか、という意味になっているのだ。一時的に驕《おご》りたかぶる人もその繁栄は長くなくて、春の夜の夢のようなものなのである。

まことに名文である。「平家物語」は一度は大いに栄えた平家一門が、どのように滅びていったのかを語る（原形は琵琶《びわ》法師が語ったものをまとめた）物語だが、滅びの美を説くと日本文学はまことにうまい。

随筆文学のことを考えた時に言ったが、日本では、権勢の絶頂にいるというのをあまり美しいことだとは思わないのだ。権力争いの座から外れたり、自ら降りたりして、世を捨てたような人を尊ぶ。そういう人が、みんなひたすらに出世をしたがって、あくせく働いているが、それは虚しいことなのに、と説くようなエッセイを好む。敗者の文学、という形になっているほうが価値が高いと感じるのだ。

以前話題になった女性のエッセイに、『負け犬の遠吠え』というものがあるが、その題名はまさに日本人のエッセイの好みにピタリと合うものなのである。

というわけで、戦記文学でも、敗れた側のことを書いたものが、滅びの美があって味わい深いと言われるのだ。一時期は「平氏にあらずんば人にあらず」とまで驕り栄えた平家一門が、清盛の死後、順を追って滅亡していくのである。そしてついに、壇《だん》ノ浦《うら》の合戦で、清盛の孫の安徳天皇は海中に沈んで滅びる。

その戦に勝った源義経が、もしそのまま出世して鎌倉幕府の要人にでもなっていたら、おそらく文学的には悪党の役を割り振られたはずである。ところが義経は兄頼朝に信頼されず、やがて討たれてしまう。そのせいで義経も滅んだ側と考えられ、美しき英雄という役まわりになるのだ。

日本では、文学的にはとにもかくにも〈負けたもん勝ち〉なのである。

軍記文学の名作

既に述べたように、「平家物語」は琵琶法師が、ベンベンと琵琶を鳴らしながら語ったものをまとめたものなので、作者名がない。信濃前司行長《しなのぜんじゆきなが》という人が作者かとも言われるが、どうもその人は原作者ではなく編者のようだ。研究者でない限り、「平家物語」の作者のことは考えなくてよさそうである。

「平家物語」を考える上で忘れてならないのは、それが歴史書ではなく、文学作品だということである。話の内容をたどっていけば、まさに平家が滅亡していく事実のままなのだが、それを波瀾万丈の物語にして、あくまで美しく、悲しく語っていくのだ。

平家滅亡の歴史は大人であればなんとなく知っていることであろうが、ここでは若い人のために大筋をまとめてみよう。

まず、平清盛が保元《ほうげん》の乱以来、あれよあれよという間に出世して太政大臣《だいじょうだいじん》にまで昇りつめる。そんな時、後白河法皇の側近が平家打倒の陰謀を企てるが、発覚してしまう。この時鬼界《きかい》ケ島に流されたのが俊寛《しゅんかん》だ。俊寛の悲劇は能や歌舞伎などになっていて有名である。

後白河法皇の第三皇子以仁王《もちひとおう》は平家討伐の兵をあげるが、宇治の平等院の激戦で敗死にする。

その後清盛は福原に遷都する。ところがこの頃、伊豆に流されていた源頼朝が旗上げし、富士川の戦いに勝利する。

同じ頃、木曾義仲《きそよしなか》が信濃で挙兵する。そんな中、清盛は熱病のために死んだ。

義仲が京に迫ってきて、平家は都を脱出し、安徳天皇を奉じて西国に向かった。

そこで登場するのが義経だ。義経は兄頼朝の命を受け、義仲を討つ。

その後、西国で勢力を回復した平家は大軍を一の谷に集結するのだが、義経は山中を迂回《うかい》する作戦をとり、一の谷の背後鵯越《ひよどりごえ》から奇襲をかける。平家は大あわてで船で四国へ落ちのびた。十六歳の笛の名手、平敦盛《あつもり》が熊谷直実《くまがいなおざね》の手にかかって死んだのはこの時である。

次いで義経は四国の屋島を急襲。平家はたまらず長門《ながと》に逃れた。弓の名手那《な》須与一《すのよいち》が扇の的を射落としたのはこの時のことである。

その一ヵ月後、義経は壇ノ浦の平家に襲いかかった。この時、清盛の妻の二《に》位尼《いのあま》は幼帝安徳天皇（孫である）を抱いて入水《じゅすい》した。天皇の母である建礼門院は後を追って海に飛び込んだが、熊手で引っかけられて救助される。その後、建礼門院は出家し、大原の奥にある寂光院《じゃっこういん》に移り住んで仏道修行にいそしんだ。

義経は、兄の憎しみを受けて鎌倉へ入れず、都を出て吉野に隠れ、その後北陸路をたどって奥州に下ったが、やがて討伐されてしまう。

そういう平家滅亡の話を中心軸にして、さまざまな歴史上の事件をからみあわせ、合戦記、恋愛譚、出世譚、説話などを取り入れて、あくまで悲しく語るのが「平家物語」である。数多くの登場人物、その人のエピソードが手際よく語られ、後の能や歌舞伎の題材になった話がいくつもある。

壇ノ浦の合戦で平家が滅亡したのは一一八五年だが、「平家物語」が今の形にまとめられたのが一一九五年から一二二一年の頃と言われている。つまり、鴨長明の「方丈記」と同じ頃の作品である。

ここでひとつ、文学史的にはまったく重要ではないむだ話をしよう。壇ノ浦の合戦を題材にした好色文学があるのだが、そのことを知っている人はどのくらいるであろうか。

私が若い頃は、古い好色文学（つまり、エロ小説だ）のことが世に広く知られていたものだが、近頃はもうそういう話をとんと耳にしなくなった。つまり若い人に、エロのほうの教養がなくなってしまったのだ。だからここで、ジジイの教えるエロ教養の話をしよう。

「壇ノ浦夜合戦記」というのが、その好色文学の題名だ。入水した建礼門院が助け上げられ、その後義経が建礼門院を訪ね、そこはそれ美女と美男のことでもあり、けしからぬ秘事をする、という話である。

これは江戸時代に書かれたエロ小説だが、そんな題材のエロ小説が成立するということに注目してほしい。つまり、「平家物語」が広く読まれているから、建礼門院と義経が壇ノ浦で……、というエロ話が成り立つのである。誰も知らない話のエロ・バージョンを書いても読まれることはないのだから。

そういうことも、文学的継承のひとつではあるんだなあ、と思う。

たとえば、義経と静御前《しずかごぜん》といえば誰にだって、ああのカップルか、とわかるのだ。その教養から歌舞伎の「義経千本桜」が生まれる。

木曾義仲の妾《しょう》と言えば、怪力の巴《ともえ》御前だ。巴御前は、義仲がいよいよ討たれそうになって別れる時、悲しさのあまり、そこにいた敵兵の首をねじり切ってしまったと伝わっている。

そんな話も、「平家物語」のせいで残っているのである。

南北朝時代は大混乱期

平家が滅亡して鎌倉時代が始まったわけだが、その鎌倉時代もやがては終わりの時を迎える。源頼朝が将軍になって開いた鎌倉幕府だが、源氏の将軍は三代でとだえ、北条氏が執権となって権勢の座についていた。その北条氏を滅ぼそう、という気運が出てくるのだ。

鎌倉時代が終わって室町時代になる変わり目である。しかしこの時は、間に南北朝時代というものがあって、非常にややこしい。

その時代の大変化を記録した戦記文学が、「太平記」である。後醍醐《ごだいご》天皇が即位した一三一八年から、後村上天皇在位中の一三六七年までの約五十年の動乱の世を描いていて、一三七一年〜七二年頃に成立したと言われている。

作者については、玄慧《げんえ》法印が書き始め、その後小島法師が書き継いで完成させたなどと言われているが、確かな説というわけではない。文学辞典では、足利氏の統制下に叡山《えいざん》の学僧たちによって書き継がれたもの、という説明をしており、一人の作者に特定することはできないと考えたほうがよさそうだ。

ところで、今ここでやっている雑談は日本文学についてのものであって、日本史の研究ではないのだが、北条氏がどう滅びて、室町幕府がどうできていったかについて少しはわかっていないと、「太平記」には何が書いてあるのか想像もできないので、歴史をざっとまとめてみよう。

まず歴史の舞台に出現したのは、後醍醐天皇という怪物のような天皇だ。非常に英邁《えいまい》な天皇だが、権力志向が強く、自らの手に政治の実権を握りたいと望んだ人であった。

その後醍醐天皇が、北条高時《たかとき》討伐計画を立てるところから、「太平記」は始まる。天皇は日野資朝《すけとも》、俊基《としもと》らと討幕計画を立てるが、情報がもれて失敗、資朝は佐渡へ流された。

数年後、後醍醐天皇はまたしても討幕計画を立てるが露見し、隠岐《おき》に流される。この時天皇のために立ち上がったのが楠木正成《くすのきまさしげ》だ。

そんな情勢の中、足利尊氏が出現して六波羅探題《ろくはらたんだい》（京都を見張る鎌倉幕府の出張所）を攻略する。天皇の第一皇子護良《もりよし》親王も京都に挙兵する。そして新田義貞《よしさだ》が出て、鎌倉を攻めた。とうとう北条高時は自殺し、ここに鎌倉幕府が滅びる（一三三三年）。

名和長年《なわながとし》を頼って隠岐を脱出していた後醍醐天皇は建武《けんむ》の新政という直接政治体制を作りあげる。

これですんなりと天皇による政治の時代に移行していくのならば事は簡単だが、そうはいかないのだ。後醍醐天皇は米中心経済を貨幣経済に切り替えようとするなど、時代を先取りしすぎた政策を推進し、人心が離れてしまう。その上、武将たちへの論功行賞が不十分であったため、不満がくすぶる。この時代の武家は利を求めてどちらへでもつく、という利権集団のようなものだったのだ。

そんな混乱に乗じて足利尊氏が勢力を拡大する。尊氏は一度は都を追われて北九州に逃れるのだが、すぐにカムバックして、湊川《みなとがわ》の戦いに勝利し、楠木正成はここで敗死した。

そこで、京都にいた後醍醐天皇は吉野に逃れる（南朝）。京都には尊氏の立てた光明《こうみょう》天皇がいて（北朝）、南北朝時代となるのだ。

南朝側では、新田義貞、北畠顕家《きたばたけあきいえ》らの忠臣が相次いで戦死し、ついに後醍醐天皇も崩御《ほうぎょ》する（一三三九年）。

そうなれば北朝の勢力が増し、足利幕府が強化されていくのだが、そこで幕府内部の高師直、佐々木道誉《どうよ》、土岐《とき》頼遠《よりとお》など諸将の勢力が衝突していくのだ。しかも、将軍尊氏と弟の直義《ただよし》は不和になり、直義は討たれる。高師直は没落していき、ついに尊氏も死ぬ。それについで二代将軍義詮《よしあきら》（尊氏の三男）が死に、幼君義満《よしみつ》が三代将軍となり、そのあたりから足利幕府は安定してくるのだった。

「太平記」の完成から二十年ほどして、一三九二年に南北朝が合一するのである。

そういう歴史を、「太平記」は波瀾万丈の物語として綴っていくのだ。ここに名前が出てきた人々を、まことに癖の強い荒武者のように語っていて、通俗的に面白い。

「太平記」は欲望の文学

「太平記」は全部で四十巻あるのだが、そのうちの第二十二巻は失われている。そしてそれは足利氏の圧力によるものだろうという説が有力である。つまり、第二十二巻には足利尊氏と弟の直義の悪逆が書かれていたので、細川頼之《よりゆき》（将軍義満の執事）が焼失させたという話が伝わっているのだ。そのように、この歴史書は、勝った側の足利氏が統制して編纂《へんさん》したものである。

ただし、そういう事情のせいで足利氏ばかりを正義のように、飾って書いているかというと必ずしもそうではない。

後醍醐天皇のことも、少し奇矯《ききょう》ではあるが悲運の名君という感じに書くし、その天皇のために一命を投げ出して戦った楠木正成や新田義貞のことも、見事な忠臣として描《えが》き出すのだ。ぼんやりと読めば、この物語の中の最大のヒーローは楠木正成のようであり、正成、正行《まさつら》の親子の別れのシーンなどは、感動的名場面と称《たた》えられている。

まったくの余談だが、私が生まれ育った名古屋市の西区に庄内公園という公園があり、そこに、楠木正成、正行の親子の別れのシーンを再現した石像があった。甲冑《かっちゅう》を身につけた武士と子供の向かいあう像を見て、どういう人なんだろう、と思ったものだ。

戦前の、日本が軍国化していく時代には、楠木正成は天皇に味方した正義の英雄で、足利尊氏は天皇に反逆した悪臣、という見方が大いに広まったのである。

そういう読み方もできるくらいに、「太平記」は第二十二巻がないことを除けば、双方に公平に書いてある。そして、高師直などはかなりの悪党に描かれている。

文学的に「平家物語」と「太平記」をくらべてみると、作家や文学研究者はそのほとんどが「平家物語」のほうが名作だと言うようである。「平家物語」は、平家滅亡という悲劇を、ひたすら無常の美のように描き出すのだ。哀れなことよのう、という読後感になるのである。

それにくらべると「太平記」は、実際のなりゆきがそうだったのだからしかたがないのだが、話が雑然としていて、際立つ主人公がいないのだ。北条家滅亡の悲劇だけに焦点を当てるのも変だし、足利尊氏を英雄のように語るのもふさわしくない。後醍醐天皇をスーパー・ヒーローにできればいいのだが、変人すぎてついていけない気もする。自然に、天皇に味方した楠木正成と新田義貞がもうけ役になる、というような具合で、なんとなく、誰も彼も少しは悪党で欲でうごめいていた、という感じになっているのである。だから文学的完成度という点では、少し劣るかもしれない。

しかし、それは「太平記」が美を描こうとは思っていなくて、政治そのものをテーマとしていたからだ、と弁護してもいいような気がする。「太平記」の編者たちは言うまでもないことながら「平家物語」を読んでいて、あの名作を意識していた。だが、その上で、あのようには書けない、と感じていたような気がする。人間は欲にかられて動くもので、そこに、正しい政治とはどうあるべきかが重ねて考えられなければならない。さまざまの者たちがいて、歴史は何度もくつがえされ、大波瀾があったのだが、政治はどうあるかをふまえて、人間批判をしていこう、という根本姿勢が「太平記」にはあるのである。

そして、「平家物語」は完成度が高くて俗な想像力が入り込む余地がないのに対して、「太平記」は民俗的な雑な部分があるから、いろんな人の思い込みが入る余地がある、と分析する人もいるのである。

確かに、江戸時代の人々は「太平記」を大いに好んで読み、その中の話を非常によく知っていたようである。高師直、ときいただけで悪党、と決めつけ、楠木正成は偉い、と思い込んでいるような理解だが、高尚すぎる「平家物語」よりははるかに多くの人がなじんでいた。そこで、江戸時代の文学は「太平記」から大きな影響を受けるのである。

「平家物語」は能、「太平記」は歌舞伎

『文学全集を立ちあげる』（丸谷才一《まるやさいいち》・鹿島茂・三浦雅士著、文藝春秋）という本の中で、三浦雅士は、「能になるのは『平家物語』で、歌舞伎になるのは『太平記』」という意見を言っている。これはまことに面白い分析で、その二つの作品の違いをよく言いあらわしている。

「平家物語」の話をした時に、この題材が歌舞伎になった例がある（「俊寛」や「義経千本桜」）と言ったが、それよりはるかに多く、「平家物語」の中の話は能になっているのである。謡曲の「八島《やしま》」「忠度《ただのり》」「清経《きよつね》」「巴《ともえ》」などがそうだ。

能は夢幻能《むげんのう》と現在能という二つに大別されるのだが、そのうちの夢幻能は幽霊や神霊の出てくるものだ。つまり、旅人がある地を訪れると、その地に縁のある故人の霊や、神霊が出てきて、現世の人間と言葉を交わすという筋なのである。そういう物語には、滅亡した平家の人間の霊が出しやすいわけで、「平家物語」は数多く能になっているのだ。滅びの美を語る話なので、高尚な能に向いている、と言ってもいい。

それに対して「太平記」は江戸の庶民がなじんだ作品で、癖の強い悪党がいっぱい出てくるので、勧善懲悪《ちょうあく》の大衆劇になりやすいのだ。だから歌舞伎に向く。

そのわかりやすい例が「仮名手本忠臣蔵《かなでほんちゅうしんぐら》」であろう。「忠臣蔵」と言えば、よく知られていることだろうが、元禄時代に実際にあった赤穂《あこう》浪士の吉良《きら》邸討ち入り事件を芝居化したものだ。

元禄年間のこと、江戸城内で大切な儀式のある日に、赤穂の殿様で朝廷の使者の饗応役《きょうおう》（勅使御馳走役《ちょくしごちそうやく》）であった浅野内匠頭《あさのたくみのかみ》が、礼儀指導役（高家肝煎《こうけきもいり》）の吉良上野介《こうずけのすけ》に刀を抜いて切りかかるという事件があった。賄賂《わいろ》が不十分だったので、吉良が内匠頭をいじめぬいたのが原因だなどと言われる。江戸城内での刃傷《にんじょう》は重大な罪なので、内匠頭は即日切腹を申しつけられる。

その恨みを晴らそうと、赤穂の浪士たちが大石内蔵助《おおいしくらのすけ》をリーダーに、吉良邸へ討ち入って上野介を殺したのが、赤穂浪士討ち入り事件である。

江戸の町人はその事件を大いに喜び、大石たちを英雄視し、吉良は無上の大悪党ということにされていく。

そこで、事件からほどなくして、竹田出雲《たけだいずも》らはその事件を題材にして「仮名手本忠臣蔵」という歌舞伎を書いたが、登場人物名が変えてあるのだ。つまり、実在の江戸時代の殿様の名をそのまま使って芝居にすれば、町人が政治批判をいたすか、ということになりおとがめをくうので、室町時代の話だということにしたのだ。その時利用したのが、「太平記」である。

浅野内匠頭は塩冶判官《えんやはんがん》という名にされる。

吉良上野介は高師直に。

それらは「太平記」に出てくる人物なのだ。塩冶は色男で、顔世《かおよ》という美人の妻がいた。その顔世に好色な高師直が横恋慕して、フラれたのを根に持って塩冶をいじめぬく、という話になるのである。

そんな大胆な時代設定の変更がなぜできるかというと、江戸時代の町人は「太平記」を読んでいて、塩冶や高師直のことをよく知っていたからである。人間の欲や、色情などが渦巻《うずま》くドロドロの世界を描くのに、「太平記」の利用はまことにふさわしいと思えたのである。「太平記」から伝わってくる雑な感じが、江戸の町人の面白がる世間の噂話のようなものと、ピッタリと合っていたと言ってもいいだろう。「太平記」にはそういう魅力があるのだ。

平賀源内というエレキテルで有名な天才は多才な人で、福内鬼外《ふくうちきがい》というペンネームで浄瑠璃《じょうるり》を書いている。それが「神霊矢口渡《やぐちのわたし》」である。その「神霊矢口渡」はこんな物語である。

新田義貞の子新田義興《よしおき》は、足利尊氏の放った追手に追いつめられ、武蔵野の矢口の渡で自害をする。

義興の弟の義岑《よしみね》は、義興の妻と遺児をつれて逃げのびるが、矢口の渡のあたりで裏切者に捕らえられそうになる。ところが、あわやという時、義興の霊が投げた矢によって助けられる。

霊をおそれた尊氏は南北朝の和睦《わぼく》をはかり、矢口の渡には新田神社を建てる。

最後は、義岑と敵の悪役共が裁きの場で争うところへ、神社の鳥居の笠木《かさぎ》が落ちてきて、悪人共は霊験《れいげん》によって滅びるのである。

とまあ、これはまんま「太平記」を利用させてもらった物語なのである。そのくらい江戸の町人は「太平記」になじんでいたということだ。

「平家物語」も、「太平記」も歴史書ではない。歴史に題材をとって、文学作品にまとめたものと言うべきである。

ところがその文学化にあたって、「平家物語」は滅びの美と悲しみを主眼とした。そこで幽玄な美しさを持つ名作となったのである。

そして「太平記」は、もちろん「平家物語」から多くのことを学び、取り入れながら、人間共の欲にうごめくさまを描くことを主眼とした。だから悪党がいっぱい出てきて、エネルギッシュである。そんなわかりやすい人間の欲望狂いをテーマとしているので、江戸の庶民にはとてもなじみやすかった。そのせいで、影響を受けた作品がいっぱい出たのである。

そう考えてみると、「平家物語」と「太平記」は日本の二大軍記文学と言っていいであろう。そして名作が必ずそうであるように、後世にその影響で生み出された文学的子孫のような作品を多数出現させたのである。文学史はそのようにつながっているのだなあ、ということを強く感じてしまう。

第六章 紀行文学は悪口文学

日本の紀行文学は陰《いん》

松尾芭蕉《まつおばしょう》（一六四四〜九四）の「奥の細道」を日本の紀行文学の最高傑作と言っても、そう異論は出ないだろう。紀行文であると同時に、俳諧《はいかい》の真髄にまで読み手を導く芸術論の書であり、磨きぬかれた名文には一分の隙《すき》もない。たとえばその〈序章〉を見てみよう。

「月日《つきひ》は百代《はくたい》の過客《くわかく》にして、行《ゆき》かふ年も又旅人也《たびびとなり》。舟の上に生涯をうかべ馬の口とらえて老《おい》をむかふる物は、日々《ひび》旅にして、旅を栖《すみか》とす。古人も多く旅に死せるあり。予もいづれの年よりか、片雲《へんうん》の風にさそはれて、漂泊の思ひやまず」（『芭蕉　おくのほそ道』萩原恭男校注、岩波文庫より、以下同）

ざっと意訳してみると、こういう内容である。

「月や日の運行は、永劫《えいごう》の時間の中の旅人であり、行き過ぎる年月もまた旅人である。舟の上で生涯を送る人、馬の轡《くつわ》を取って老いを迎える人というのは、毎日旅をしているようなもので、旅が人生なのだ。古人も多く旅先で死んでいる。私もいつの頃からか、雲を急がせる風にあおられ、いずこともなくさまよい歩きたい思いにかられるようになった」

外国にも紀行文学というものはある。ゲーテの「イタリア紀行」はその代表例だろうが、ドイツから太陽の光いっぱいのイタリアへ来たゲーテは、その明るさ、陽気さ、人間の生命力に感動して陽《よう》の紀行文を書いたのだ。

ところが、日本における紀行文学は、どういうわけだか明るくならないのである。芭蕉のこの書き出し部分を見ても、旅とは風に吹かれて漂うようなものの、あてどもなくさまようようなもの、と捉《とら》えられていて、不思議なほど孤独感がにじみ出ている。

実際には、芭蕉はこの東北旅行に曾良《そら》という弟子を伴《ともな》っているのであり、孤独な一人旅ではなかった。そして、各地で弟子や後援者の家に泊まり、歓待を受けて数日間とどまったりもした。でも、紀行文の調子は、あくまで孤独っぽいのだ。どの地へ行っても過去の遺物を悲しく思い、時の前の無常にため息をつく感じがある。

そもそも、書き出しにいきなり、「古人も多く旅に死せるあり」である。まるであてどもない旅の果てにどこかでのたれ死にすることに憧れているかのようではないか。それくらいに、日本の紀行文学は陰なのである。そして、だからこそ紀行文学は美しいのだ。

つまり芭蕉にとっての旅は、「方丈記」の鴨長明にとっての方丈の庵と同じものなのだ。世俗の中に家を持って欲にまみれて生きることを嫌い、いっそ何も持たずにただ風雅に生きたいものだと願って、長明は世捨て人のように小さな庵に住んで世間の外に出てしまう。それと同じように、芭蕉は旅に出るのである。つまり、旅人とは家を持たない流れ者という意味であって、そもそも寂しい存在なのである。

芭蕉が「奥の細道」の旅をするのは四十六歳の時である。その五年ばかり前、四十一歳の時には西国への旅をしている。生誕の地である伊賀上野《いがうえの》を経て、奈良、京都、近江《おうみ》へと足を運んだ旅だった。その旅に際して詠んだのが、

野ざらしを心に風のしむ身哉《かな》

であり、その時の旅行記が「野ざらし紀行」だ。この〈野ざらし〉とは、旅に行き倒れて死体が風雨にさらされ、髑髏《どくろ》となってころがっているもののことである。つまり旅に出るというのは、行き倒れて死ぬという覚悟ですることだったのだ。実際に旅に出て、旅先で死ぬ人がどのくらいいるかということは別にして、旅をする時の覚悟というか、ある種の憧れとしては、どことも知れぬ異郷でのたれ死にするもよし、という願望があるのだ。少なくとも、文学的表

現上はその覚悟があるのであり、そういう覚悟を読み取るのが紀行文の楽しみ方なのである。

「奥の細道」においても、いよいよ旅立つとなると芭蕉はこう書く。

「千じゆと云《いふ》所にて船をあがれば、前途三千里のおもひ胸にふさがりて、幻《まぼろし》のちまたに離別の泪《なみだ》をそゝぐ」

やっと草加《そうか》に着いただけでこう書く。

「呉天《ごてん》に白髪《はくはつ》の恨《うらみ》を重ぬといへ共《ども》、耳にふれていまだめに見ぬさかひ、若生《もしいき》て帰らばと定《さだめ》なき頼《たのみ》の末をかけ、其日《そのひ》漸《やうやう》草加《さうか》と云宿《いふしゆく》にたどり着《つき》にけり」

これは、「辺境を旅する苦労で白髪になるような嘆きを抱きつつも、噂にきくばかりでまだ見ぬところを見たいと望み、もし生きて帰れればと不確かな願いを胸に抱いて、その日ようやく草加という宿にたどり着いた」という意味である。とにかくもう、生きては帰れないだろうなあ、と繰り返すのだ。それが旅というものだからである。

そして、この覚悟があるからこそ、日本人は旅について書くと自然に名文が書けてしまうのである。

西行《さいぎょう》といえば漂泊《ひょうはく》の人

ところで、芭蕉が「古人も多く旅に死せるあり」と書いた時、頭の中にあった人物は誰なのだろうか。これについて、岩波文庫の『芭蕉 おくのほそ道』の脚注には、こう説明がしてある。

「芭蕉の思慕《しぼ》した西行は河内弘川寺《かわちひろかわでら》で、宗祇《そうぎ》は箱根湯本で、李白《りはく》は当途《とうと》で、杜《と》甫《ほ》は湖南省湘江《しょうこう》の舟の中で没している」

なるほどそういう古人のことが芭蕉の頭にはあったのか、と思うところだが、この中で特に重大なのは西行であろう。芭蕉が西行を大いに意識し、尊敬していたのは確かなところであり、「奥の細道」の中にも西行への言及があるのだ。

〈全昌寺《ぜんしょうじ》・汐越《しおこし》の松〉の段で、汐越の松というものを見物したことを書き、いきなり西行の歌を引用する。

「終宵《よもすがら》 嵐《あらし》に波をはこばせて

月をたれたる汐越の松　　西行

此《この》一首にて数景尽《つき》たり。もし一弁《いちべん》を加《くはふ》るものは、無用の指を立《たつ》るがごとし」

つまり、汐越の松のことを描写するのに、この西行の歌があればすべて言いつくしている。これに何か言葉を加えようとするのは、手に六本目の指を足すようなものである、と言っているのである。

芭蕉は自分を西行になぞらえて旅をしていると言ってもいいだろう。

西行（一一一八〜九〇）は平安後期から鎌倉初期にかけての歌人である。もとは鳥羽《とば》院の北面《ほくめん》の武士だったが、二十三歳の時出家して円位《えんい》と称した。西行というのは号である。

そして、西行といえば「漂泊の歌人」なのである。つまり、あてどもなく旅をし、その先々で歌を詠んだのが西行、というのは日本人にとって常識であり、その点において憧れの人なのだ。

たとえば、江戸から明治の頃にかけての言葉に、「西行背負《じょ》い」もしくは「西行掛け」というのがある。これは、「風呂敷《ふろしき》包みなどを肩から斜めに背負い、胸の前で結ぶこと」を言う言葉である。旅人が荷物が邪魔にならないようにしたやり方だ。それを、西行という名を使って呼ぶところが面白い。平安時代には、今日と同じ意味での風呂敷というものはなかったのだから、西行がそういう荷物の持ち方をしたとは考えられないのである。そのやり方はおそらく、江戸時代以降のものであろう。

だが、旅をする人の荷物の持ち方なのだから、それが「西行背負い」と名づけられたのである。つまり、旅する人イコール西行なのだ。それくらい日本人にとっては、西行とは旅の人なのである。

ところが、西行の人生をよく調べてみると、そんなに旅ばかりしていたわけではないのだ。彼の人生で、長期にわたる旅として明らかになっているのはたった三回だけである。
・二十七歳の時、陸奥《むつ》・出羽《でわ》へ旅した。
・五十一歳の時、中国・四国へ旅した。
・六十九歳の時、陸奥へ旅した。往路、鶴岡八幡宮《つるがおかはちまんぐう》で源頼朝と出会う。
それ以外の時は、高野山《こうやさん》や伊勢で仏道にいそしんでいるのだ。生涯を旅の中に暮らしたというわけではない。

だが、事実はどうだっていいのだ。もはや伝説的に、西行とは旅をした人なのである。そして、その生き方を日本人は美しいと感じるのだ。

西行が六十九歳の時の旅で、東海道をたどり富士山を見て彼はこう詠む。

風になびく富士の煙の空に消えて

ゆくへも知らぬわが思ひかな

日本一の山を見たというのに、その煙が空に消えていくことに目をつけ、この先どうなるかもわからぬ私のはかない思いであるようだ、と詠むのである。これこそ、旅する人の胸中なのだ。

そして、この精神性を芭蕉は確実に引き継いでいる。考えてみれば、

ゆくへも知らぬわが思ひかな

と、

野ざらしを心に風のしむ身哉

はほとんど同じ詩興《しきょう》による作品である。それは当然のことであって、旅に出た時点で芭蕉は西行になろうとしているのだ。言ってみれば、芭蕉は西行のパロディ（先人を茶化《ちゃか》す意識はなくて、憧れて模倣《もほう》する、という意味だが）となって旅行しているのである。

なぜなら、日本文学史的には、旅をするとは孤独にさすらい、世間の外でさまようことだからだ。日本文学でこの例外は「東海道中膝栗毛《ひざくりげ》」だけである。

さすらう歌人の元祖は紀貫之《きのつらゆき》

岩波文庫の『芭蕉　おくのほそ道』の脚注にあったもう一人の古人、宗祇（一四二一〜一五〇二）も芭蕉が大いに意識していた人だ。室町後期の連歌師《れんがし》である。三十余歳から連歌を志して、四十六歳の時には関東に下向《げこう》し、折からの応仁の乱を避けて六年ほど流離《りゅうり》した。時の天皇に連歌指導で仕えたりしたが、八十歳の高齢で旅に出て、富士山に憧れて箱根湯本で八十二歳で亡くなった。宗祇の生涯は旅と草庵《そうあん》の暮らしの内にあり、孤独と憂愁《ゆうしゅう》が作品の基調となっている。その点において、芭蕉も大いに影響を受けた人物なのである。

では、もっと遡《さかのぼ》ってみよう。西行のそのまた先人は誰であろうか。つまり、孤独な旅という文学ジャンルのルーツを更にたどっていくと誰が出てくるのか。それはたとえば能因法師《のういんほうし》であろう。

能因は平安中期（九八八〜?）の歌人で、小倉百人一首にも歌が採られている人だ。二十六歳の頃に出家し、三十歳ぐらいで三河国《みかわのくに》に下ったのをはじめ、陸奥へ二度も旅行をしている。晩年には伊予国《いよのくに》に下った。

三十七歳の時に白河《しらかわ》の関で詠んだのが次の歌である。

都をば霞《かすみ》とともにたちしかど

秋風ぞふく白河の関

この人もまさしく旅の歌人のイメージである。芭蕉はもちろん能因のことを強く意識していて、〈武隈《たけくま》〉の段で触れている。

その段をざっと意訳すると、

「武隈の松には、目の覚めるような思いがする。この松の根は土際で二本の木に分かれていて、昔の姿をとどめている。それにつけて思い出されるのは能因法師のことだ。その昔、陸奥守《むつのかみ》として下ってきた人が、この木を伐《き》って名取川《なとりがわ》の橋杭《はしぐい》にしたことがあって、能因法師がここに来た時には松がなかった。そこで、

武隈の松はこのたび跡もなし

千とせをへてや我は来つらむ

という歌をのこしているのだが、代々、ある時は伐り、ある時は植え継いだりしたときくから、今はまた形をととのえて、めでたき松の景色になっているのだろう」

一本の松を見て、たちまち能因法師の歌が浮かんでくるのである。芭蕉のこ

とを孤独な旅人と言ったが、考えようによっては、昔の旅人たちと同行《どうぎょう》してているようなもので、心の中には道づれがいっぱいいたとも言えるのだ。

さてそこで、旅にさすらう歌人の元祖は誰だろう、というのを考えてみよう。それは言うまでもなく、「土佐日記《とさにっき》」を書いた紀貫之ということになるだろう。

紀貫之（八七二頃～九四五）は平安前期の歌人であり、「古今和歌集」の勅撰《ちょくせん》事業の中心的人物である。五十八歳の頃土佐守に任じられて、その地に赴任《ふにん》し、そこから帰京する船旅のことを、六十三歳頃に「土佐日記」として発表した。

「をとこもすなる日記といふものを、をむなもしてみむとてするなり」（『土佐日記』鈴木知太郎校注、岩波文庫より）と始まるこの日記は、貫之が女性のふりをして仮名《かな》で書いたものだが、性を偽《いつわ》る特別な理由はないので、仮名で自由に書きたかったからこその趣向だと思えばいいようである。

そして「土佐日記」のメインテーマは、任地の土佐で亡くした女の子への愛《あい》惜《せき》と、心なき世相への憤《いきどお》りを綴ることであり、旅の孤独をあらわすことではない。仮名で書かれているせいで記述がのびやかで、日本の日記文学や、随筆の先駆《さきが》けとしての価値を持っている。

というわけで、「土佐日記」はダイレクトに旅の孤独を記述している作品ではないのだが、それにしても当代随一の歌人が旅をしたその記録なのである。その後の紀行文学に大きな影響を与えたことは言うまでもない。

そう考えてみると、紀貫之——能因法師——西行——宗祇、という紀行文学の流れの上に芭蕉は出現しているのであり、その文学史にのっとっていることはまぎれもないのである。

古人にとって旅はおそろしいものであった。自然災害に足止めをくうこともあり、追剝《おいはぎ》に命を狙われるおそれすらあり、水や食べ物にあたることも珍しくなく、大袈裟《おおげさ》に言えば命懸けだったのである。だからこそ昔は、旅に出るとなると見送りの人と別れの水杯《みずさかずき》を交わし、今生《こんじょう》の別れとなるかもしれない覚悟を定めたのだ。

そういうおそろしい旅の中で、この世の哀れを思いつつ、詩興をそそられる風景などに接して歌や俳句を生んでいく。それが日本の紀行文学なのだ。その危うさ、はかなさの中に紀行文学の美があるのである。

田舎の悪口を言う美意識

紀貫之は「土左日記」の中の、いよいよ土佐を発《た》つという記述のところで、こんなことを書いている。意訳してみる。

「私が帰国することになると、多くの人が別れの宴に集まってくれ、一という字も読めない人々が、十の字に足を踏んで踊ってくれた」

土佐の人々が一という字も読めないほど無学だと書いているのだ。実際にそうだったとしても、わざわざ書きつけることはなかろうに、という気がしてしまう。心をこめて別れの宴をしてくれた人に対して、少し意地悪なような。

だが、そんなふうに田舎の悪口を言うのが紀行文学の型なのである。紀行文学は根本的に、とんでもない所に来てしまった、という嘆きで成り立っているのだ。

以前に、丸谷才一先生と対談をした時、先生は私に、日本には悪口文化とでもいうものがある、ということを教えてくれた。つまり都の人が田舎へ行って、とんでもなくひどい所だった、と書くのが伝統だというのだ。

たとえば「源氏物語」の中で、失脚した光源氏は須磨へ退去し、明石へと落ちる。その須磨、明石は、京の都からそう遠い地方ではない。北海道や東北に流されたというようなひどい話ではないのである。

なのに、物語の中では、須磨、明石がまるでこの世の外であるかのように、とにかくもう田舎でさびれた所だと描写されるのである。都以外はすべて無価値なさえない所、というのが文学的常識なのだ。

そういう常識にのっとって、紀貫之は土佐人は漢字が読めない、という悪口を言うのだ。それが伝統なのである。

そして、芭蕉もまたその伝統をちゃんとふまえて、東北の悪口を書く。〈尿前《しとまえ》の関〉の段で、とんでもなく田舎でひどい目にあったと書いているのだ。

「此路旅人《このみちたびびと》稀なる所なれば、関守《せきもり》にあやしめられて、漸《やうやう》として関をこす。大山《おほやま》をのぼつて日既暮《すでにくれ》ければ、封人《ほうじん》（国境を守る役人）の家を見かけて舎《やどり》を求む。三日風雨あれて、よしなき山中に逗留す。

蚤虱《のみしらみ》馬の尿《しと》する枕もと」

山の中で泊めてもらったところ、蚤はいるわ虱はいるわ、馬も一緒に飼われているような部屋で休まされ、馬は尿をして難儀した、という句を詠んでいるのだ。なんとひどい田舎であろうか、と強調している。

つまり、旅する人というのは、旅先がひどい田舎であればあるほど、そこにいる自分の詩的感興が高まる、と感じるのだ。旅の悲しさを書くのが紀行文学であり、それはおのずと行った先はひどい所だったと嘆く姿勢につながる。必然的に悪口文学になっていくと言ってもいい。

それからまた、こういうこともあるかもしれない。旅人とは世捨て人なのだ、ということは既に言った。旅に出たというのは、鴨長明が方丈の庵に住むことにしたのと同じような、世間の外へ出ることなのだと。

そして、世間の外に出た人には、それによって、世間を批判する権利が手に入るのだ。私は世を捨てた身だからこそ見えるのだが、この世はまことにつまらない所である、と書ける権利を持っているということ。

それと同じように、どこでのたれ死にするかわからない旅人には、どこへ行こうが、その土地を切って捨てる権利がある。ただ通過するだけの者だからこそ、その土地のつまらなさも見えるし、それを語ってもよい、ということになっている。

それが、日本の悪口文学の正体のような気がする。旅人だからこそ田舎のつまらなさが見え、そのつまらなさを語れば語るほど、そんなところに来てしまった自分の芸術的価値が高まるのだ。ひどい所へ来ているからこそ味わいが深いのである。

だからこそ芭蕉は尿前の関がとんでもない田舎だったことを嬉々として書く。

たとえば〈一振《いちぶり》〉の段で、芭蕉は宿屋で旅の遊女と出会ったと書いている。新潟の遊女が、伊勢に参宮《さんぐう》しようと旅をしているのだが、道筋があまりに寂しく悲しいので同行してもらえないかと頼まれ、私たちはあちこち逗留《とうりゆう》する所が多いので同行はできないとことわり、遊女の旅の無事を祈ってやるのだ。その時の句が、

一《ひとつ》家《や》に遊女もねたり萩と月

である。

これなども、遊女と同宿するようなひどい旅だと強調しているわけである。ところが、芭蕉と旅を共にした曾良の「随行日記」にはこの遊女の記載はまったくない。つまり、遊女と同宿したというのは芭蕉による完全な虚構なのである。つまり、作り話をしてまで、芭蕉はひどい旅だということを嘆くのだ。

そのほうが感銘が大きいからである。

「坊っちゃん」は紀行文学？

ところで、丸谷才一先生と日本の悪口文学について対談した時に話題に出た、もうひとつの作品が夏目漱石《なつめそうせき》の「坊っちゃん」であった。丸谷先生は言う、「坊っちゃん」ぐらい田舎の悪口に満ち満ちている小説はないと。

あの主人公は、東京の物理学校を卒業したあと、口をきいてくれる人があって、四国の松山の中学校の数学の教師になって赴任する。そして、松山に着いたとたんに、ひどい田舎だとさんざん悪口を並べたてるのだ。

松山に着いていきなり、「船頭は真っ裸に赤ふんどしをしめている。野蛮《やばん》な所だ」（『坊っちゃん』岩波文庫より、以下同）と言う。「こんな所に我慢が出来るものかと思ったが仕方がない」である。

「磯《いそ》に立っていた鼻たれ小僧《こぞう》をつらまえて中学校はどこだと聞いた。小僧は茫《ぼん》やりして、知らんがの、といった。気《き》の利かぬ田舎《いなか》ものだ」

この調子で、全編松山は田舎で話にならない、ということを書きまくるのだ。生徒が可愛くないのも、先生たちがずるいのも、めしがまずいのも、すべて田舎のせいである。

今現在の松山市が、「坊っちゃん」にゆかりの土地であることを喜び、坊っちゃん列車を走らせ、坊っちゃん饅頭《まんじゅう》を売り、坊っちゃん文学賞を実施しているのが不思議になってくるほどだ。あんなに悪口を書き並べたてられて、どうしてあの小説の舞台であることをそんなに喜んでいるんですか、と言いたくなる。

とにかく、「坊っちゃん」は日本の悪口文学の代表作だと丸谷先生はおっしゃった。

なるほどそうか、と思っているうちに、私にふと妙な考えが浮かんできた。日本の紀行文学は、旅先のことをひどい田舎のように書いたほうが感興が深くなると、みんな悪口を書く。ならばそれは、「坊っちゃん」にもあてはまるのだろうか。

つまり、「坊っちゃん」は紀行文学なのだろうか、という疑問である。

まともに考えればその疑問はたちどころに否定されるだろう。「坊っちゃん」は小説であって紀行文ではない。そもそも、坊っちゃんは松山の悪口を並べる、と言ったが、それは漱石がかつて松山で中学校の先生をしたことがあり、その時の体験を材料にしてあの小説を書いたと知っているから、あそこを松山だと思うだけのことなのである。小説の中には、その地が松山だとは一度たりとも書いてないのだ。ただ、四国にある地方都市の中学校の先生になる、と書いてあるだけである。

小説の中である都市の悪口が書いてあるからといって、あれを旅行記のように読むのは無茶というものであろう。

ただ私は、精神的にはあの主人公は旅人のようだなあ、と思うのである。

あの主人公は親にあまり愛されてなくて、両親の死後、気の合わない兄に、手切れ金のように遺産の一部をもらい、その金で物理学校に入っている。大学を出るとすぐに四国の中学校へ行く。

つまりあの男には、帰るべき家がないのだ。それで、口をきいてくれる人がいた、というだけの理由で四国へ行く。それは彼が、家のない漂泊の男だからだ。

そして行った先のことを、とんでもない田舎でたまったものではないと、言いまくるのである。それはあたかも、紀貫之以来の日本の紀行文学の伝統にのっとっているかのようなのだ。

近頃、あの「坊っちゃん」という小説は実は案外寂しい小説ではないか、と言うことが盛んになってきているのだが、私がここに提示した、あの主人公は漂泊の旅人ではないのか、という読み方もその一例であろう。もちろん、「坊っちゃん」は紀行文学です、と言ったら笑われてしまうのだけれど。

この、「坊っちゃん」についての言説は少し勇み足だったかもしれない。だが、日本の紀行文学の本質を考える上で手引きにはなるかも。

紀貫之も、能因法師も、西行も、そして芭蕉も、日本では旅人とはどこでのたれ死にするかもしれない、帰る家のない人なのである。だから旅は、なんとなく哀愁を帯びている。何を見ても、すべての物はいつかは滅びるなあ、と思うのだ。そして、田舎のつまらなさの中にいる自分に、味わいを感じている。

「奥の細道」のエンディングは、美濃《みの》の大垣《おおがき》まで来たシーンである。そこまで来ると、曾良やそのほかの弟子たちが集まってきて、大いになつかしがる。そして、次のように結ばれる。

「旅の物うさもいまだやまざるに、長月六日《ながつきむいか》になれば、伊勢の遷宮《せんぐう》おがまんと、又舟にのりて、

蛤《はまぐり》のふたみにわかれ行《ゆく》秋ぞ」

蛤がふたと身に分かれるように、親しい人々と別れて二見《ふたみ》（ふたみの語がかけてある）へ行くのは寂しい。折から秋も暮れていき、一層寂しさがつのってくる。

最後まで、旅には寂しさがつきまとうのである。そして、だからこそ美しく、名文だなあ、という気がするのだ。

第七章 西鶴と近松――大衆文学の誕生

「好色一代男《こうしょくいちだいおとこ》」はパロディだった

井原西鶴《いはらさいかく》（一六四二〜九三）の「好色一代男」は、タイトルだけでも勝っている。勝っているとは変な言い方だが、読書界に一大センセーションを巻きおこす力を持っている、という意味だ。

好色な男の一代記、という意味のタイトルだから、エロへの期待で人々が競って読んだのか、と思う人がいるかもしれないが、それだけではないのだ。江戸時代前期のこの頃、恋愛は罪悪視されていたという事実が一方にある。所帯を持って子をなして、というのはめでたいよいことだが、その前提として恋愛をするというのは、不道徳であり、愚か者のしわざだ、という価値観があったのである。

それなのに西鶴は、好色、つまり恋愛にのめり込む主人公の一代記を書いたのだ。それは当時の人がヒヤリとするくらいにきわどいことだった。

ただし、ここであわてて言い添えるが、西鶴の描く好色は、好き者の男があらゆる女性に手を出す、ということではない。時代的にそういう自由な恋愛はなかったのである。そしてその唯一の例外が遊里《ゆうり》だった。主人公の世之介《よのすけ》は、愛欲の自由を求めて、遊里にのめり込んで遊び抜くのであって、素人の娘や人妻と情事を楽しむということではない。

つまり、恋愛の自由がほとんどなかった江戸時代には、遊里だけが例外的に色恋の許されている夢の世界だったのだ。西鶴はその遊里を舞台にして、町人たちの夢想の極楽を描いたのであり、そこが画期的に新しかった。

「好色一代男」は西鶴の処女小説であった。四十一歳で初めてこの小説を書き、大成功を収めたのである。

それより前の西鶴は俳諧師であった。そして、一定時間内に夥《おびただ》しい数の俳諧を続けて吟《ぎん》ずる姿を公開するという、矢数《やかず》俳諧で名をなしていた。朝から夜までに千句を作ったり、一昼夜に千六百句を作ったりして話題になり、その数が他の俳諧師に抜かれると、ついに一昼夜で二万三千五百句を作る興行をして、以後の追随者をなくした。計算してみると、一昼夜で二万三千五百句を作るには、一句につき四秒弱しかないのである。とにかくもう、連想のままに次から次へと句作《くさく》できてしまう特殊な能力があったのだろう。

ただもうたくさんの句を作って並べていくということの業績は、その体力には驚かされるが、文学的にはそう評価できるものではないかもしれない。ほとんど考えもせずにそれだけ句作すれば、深みに欠けた、味わいの雑なものにもなりがちだろうから。

だが、それにしても西鶴にそういうスピード俳諧ができたのは、頭の中に無尽蔵とも言える言葉があったからだろう。西鶴はどんなことでも書けてしまう言葉の魔術師のような人間だったのだ。

その西鶴が、小説を書いてみる気になり、まず書いたのが「好色一代男」だった。その時彼は、自分の本職は俳諧師だと思っていたので、これはほんのいたずら書き、というようなポーズをとっている。いわば、パロディ文学としてこの作品を書いたのだ。

「好色一代男」は八巻で五十四章の構成になっている。この五十四章が、「源氏物語」の五十四帖から来ていることは言うまでもない。つまり「好色一代男」は「源氏物語」のパロディなのである。

パロディだからこそ、デフォルメされなければならない。「源氏物語」の登場人物が、雅《みやび》やかな殿上人であり、舞台が華麗な宮廷サロンであるのに対して、「好色一代男」は社会の底辺の町人が主人公になり、その舞台が遊里になるのである。その落差が大きければ大きいほど、パロディとしての衝撃力が増すのだ。

このことは、世界最古のパロディを思い出してみても言えることである。世界最古のパロディ文学は、紀元前五世紀に書かれた作者不明の「蛙《かえる》と鼠《ねずみ》の合戦」という叙事詩だろうと言われている。

これは、ホメーロスの叙事詩「イーリアス」をパロディにしたものだ。つまり、戦争を題材にした英雄叙事詩とそっくりな文体で、蛙と鼠の戦争を語っているのである。そんなつまらない戦いのことを、あの名文をマネて書くことが笑いにつながるわけだ。

パロディは、バカバカしいことを名作の文体で書くからおかしいのであり、落差があるほど楽しめる。

だから「源氏物語」のパロディである「好色一代男」の主人公は単なる町人の世之介ということになる。どこにでもいるような庶民代表なのである。

かくして、西鶴は町人を主人公に取り上げた。そしてそのことは実は、日本文学にとってひとつの事件だったのである。

なんでもない町人が主人公の小説など、それまでにはなかったのだから。西鶴は町人文学というものを生み出してしまったのだ。

町人の文学を創始

西鶴が亡くなったのは元禄六《げんろく》（一六九三）年のことである。つまり彼の仕事の主なものは、貞享年間から元禄年間になされているのだ。そしてその時代というのは、町人文化が花開いていく頃だった。江戸と上方を中心にして、歌舞伎が栄え、元禄小袖《こそで》のような町人ファッションが流行し、町人が経済活動に巻き込まれていったのだ。

まさにそういう時に、西鶴は町人の文学を創始したのである。町人たちには、自分と同じ人間が小説の中に描かれている、という気がしたであろう。

「好色一代男」の成功によって、西鶴は次々に好色物を書き継いでいくことになった。浮世草子と称される「好色二代男《こうしょくにだいおとこ》」「好色五人女《こうしょくごにんおんな》」「好色一代女《こうしょくいちだいおんな》」などである。

そして、初めは愛欲の自由、を描くために遊里を舞台にしていただけだったが、次は、そこには金に縛られた自由しかないことを暴《あば》いてみせた（「好色二代男」）。そしてさらに、遊里ではなく、一般の女性も愛に生きようとすれば当時の道徳や制度によって悲劇が用意されている、ということを明らかにしていく（「好色五人女」「好色一代女」）。

つまり、西鶴の小説はおのずと社会性を身につけていったのだ。そして、大坂の町人の家に生まれた彼は、人間は金に縛られていること、金が金を生む資本主義経済の中に人の本当の自由はないことに気がついていくのだ。

西鶴の晩年の傑作に、「日本永代蔵《にっぽんえいたいぐら》」と「世間胸算用《せけんむねさんよう》」がある。この二作はどちらも、町人の経済生活を描くものである。

「日本永代蔵」は、町人がどのように経済的成功を収め、立身出世《りっしんしゅっせ》できたかを描くオムニバス短編集で、表向きは、若い町人にこのようにすれば成功を摑《つか》める、ということを教える物語だ。だが西鶴は、経済社会の原理を見抜いているので、正義の行いが必ずしも成功に結びつくものではないことを知っている。むしろ、成功のためには悪徳に走る者が多いことを語るから、単純な出世教則本にはならないのだ。人間は経済に操られるようになっている、という真理に迫るリアリズム文学の価値を持っているのだ。

西鶴が生きているうちに最後に刊行したのが「世間胸算用」である（没後も、弟子たちが残された原稿を編集して、何作か刊行されたのだが）。

「世間胸算用」は、中下層町人の経済的悲喜劇を正面から取り上げたオムニバス短編集だ。二十の短編がすべて大晦日《おおみそか》の出来事を描いているところに大胆な工夫がある。

大晦日は、一年の借金を清算する時であり、どうやって金を工面するか、取り立て人をどうやりすごすかなど、金に振りまわされる日である。商業都市に住む貧しい町人が、その大晦日をいかに過ごすかを書き並べて、社会の実相を描き出すのだ。金にまつわる町人の生活がリアルに浮き上がって、その多くは悲劇なのだが、西鶴の描写が乾いているのでユーモアさえ感じられる。

一例を引用してみよう。「小判は寝姿《ねすがた》の夢《ゆめ》」という一編の冒頭部分に次のような文章がある。

「思ふ事をかならず夢《ゆめ》に見るに、うれしき事有、悲《かな》しき時あり、さま〴〵の中に、銀拾《ひろ》ふ夢《ゆめ》はさもしき所有。今の世に落《おと》する人はなし。それ〴〵に命《いのち》とおもふて、大事に懸《かく》る事ぞかし。いかな〳〵、万日廻向《ゑかう》の果《はて》たる場《にわ》にも、天満祭《てんままつ》りの明《あく》る日も、銭《ぜに》が壱文落《おち》てなし。兎角《とかく》我はたらきならでは出る事なし」（『世間胸算用全釈』野田寿雄・岡本隆雄著、武蔵野書院より）

私はこの作品を高校三年生の時に古文の教科書で読んだのだが、リズミカルにたたみかけてくる真実に、つい笑ってしまったものだ。「万日廻向の果たる場にも、天満祭りの明る日も、銭が壱文落てなし」を暗記して、時々つぶやいてはニヤニヤしていた。

考えてみると、西鶴は近代小説のルーツと呼ぶべきものを生み出した人かもしれない。なんでもない一般庶民の人生の真の姿を描いているからである。江戸時代前期に、彼以外に町人の人生を描いた人は、わずかにもう一人いるだけである。そのもう一人については次の項で語るとして、西鶴の業績をまとめておこう。

西鶴は、それまでの文学が英雄や豪傑の活躍を面白おかしく語るものだったのに対して、初めてなんでもない町人（庶民）を主人公にして書いたのである。つまり、小説を大衆のためのものにしたのだ。そして西鶴以後の江戸時代文学は、町人のためのものとして大きく花開いた。すなわち、西鶴の出現によって日本文学の狙いの筋がガラリと変わったのである。人々の生活それ自体がドラマチックであり、真実をあぶり出すことに文学の価値はある、という方向性が打ち出されたのである。

しかも西鶴はそこに人間の経済活動をからめた。金が人間を動かす世の中だ、ということを正確に見抜いていたことによって、彼の小説は近代文学につながっていくのである。

庶民を描く最初の戯曲

西鶴より十一年あとに生まれた近松門左衛門《ちかまつもんざえもん》（一六五三〜一七二四）が、もう一人の庶民文学の創始者である。近松は浄瑠璃・歌舞伎狂言作者だから、浮世草子を書いた西鶴とは仕事の内容が違うのだが、庶民の悲劇を作品にしたことで共通するのだ。

西鶴と違って近松は武士の出だった。越前《えちぜん》吉江藩士杉森信義の子で、本名は信盛《のぶもり》。福井で生まれた。だが、近松が十五、六歳の頃、父がなんらかの事故によって浪人となってしまい一家は京都に出た。そして近松は公卿《くぎょう》に仕える身となったのだ。

何人かの公卿に仕え雑用係のような仕事をしていたのだが、そのうちの一人、正親町公通《おおぎまちきんみち》は、浄瑠璃を作るような風流人であった。その人の使いをしているうちに、浄瑠璃演者と知り合い、その作者となる道を選んだのだと言われている。

初めのうちは、演者の意向を受けて話をまとめたり、古くから伝わる演目を改作したりというような修業時代だった。当時の座付作者とはそういう、共同制作者のアンカーのような役をしていたのである。

しかしながら経験を積んでいった近松は、ついに三十一歳の時に「世継曾我《よつぎそが》」という浄瑠璃を書いて、世に名を知られるようになる。それは、西鶴が「好色一代男」を刊行した翌年のことであった。

近松は、浄瑠璃も書くし、歌舞伎台本も書く。しかし我々としてはその二つをそう厳密に区別しなくてもいいだろう。浄瑠璃演者に頼まれれば浄瑠璃を書き、歌舞伎の一座に頼まれれば歌舞伎台本を書くということであって、彼自身はその二つをそう違ったものだとは考えていなかったようなのである。浄瑠璃として書いたものが歌舞伎で上演されるようなこともあったのだ（簡単に説明すると、浄瑠璃は正しくは人形浄瑠璃といい、主に義太夫節でストーリーが語られ、三人遣いの人形が所作《しょさ》を演じるもの。大坂の人形浄瑠璃芝居のことを特に文楽と呼んでいたが、今はそれが正式の呼称となっている。だから、義太夫節は文楽の語りの音楽のこと、浄瑠璃はその台本と考えればよい。これに対して、歌舞伎は、義太夫節などの語りの音楽がつくこともあるが、基本的に歌舞伎役者が演じる演劇である）。

というわけで、近松は浄瑠璃と歌舞伎を精力的に書いていき、名を広く知られる作者となっていった。「出世景清《かげきよ》」「けいせい仏《ほとけ》の原」「けいせい壬生《みぶ》大念仏」などが代表作である。

ところが、それらを書いているだけではあきたりぬ思いが近松の心にきざしてくるようになったのだ。作家として、もっと人間の真実に迫りたい、という思いを持つようになってきたのではないか、と私は理解している。

そこで近松は元禄十六（一七〇三）年に、「曾根崎心中《そねざきしんじゅう》」という浄瑠璃を発表するのである（この時近松五十一歳。西鶴は十年前に亡くなっていた）。これは、町人世界を題材にした最初の世話《せわ》浄瑠璃で、近世庶民のための戯曲がこれによって初めて生まれたと言われている。

どういうことなのか説明しよう。近松の作品は、浄瑠璃であるにしろ歌舞伎であるにしろ、大きく二つに分けられる。その二つとは時代物《じだいもの》と世話物である。これは、簡単に言えば時代劇と現代劇とも考えられる。世話物の世話とは、世話を焼く、という時の世話ではなく、世間にある日常生活のあれこれ、という意味だから。

近松以前には、浄瑠璃や歌舞伎で演じられる芝居は、時代物であることが普通だった。歴史上の英雄が大活躍をしたり、お家乗っ取り騒動があったり、仇討《う》ちがあったり。そういう一種の時代劇が芝居というものだった。そんなふうに、昔のヒーローが活躍する時代物だから、芝居は楽しい、というのが当時の感覚だったのだ。現代の普通の人間の話では芝居になるわけがない、とみんな思っていた。

それなのに近松は、「曾根崎心中」で世話物、つまり現代の普通の人間の悲劇を書いたのだ。西鶴と並ぶ、もう一人の庶民文学の創始者と呼ぶのはそのためである。

「曾根崎心中」は、大坂の曾根崎天神の森でおこった心中事件を題材としている。内容は、醤油《しょうゆ》屋の手代《てだい》徳兵衛と、遊女お初の二人が恋を貫いて心中するというもの。実際にあった事件をもとにしている。

すなわち、歴史上のヒーローの物語ではなく、最近話題になっている現代人の恋の顛末《てんまつ》を、悲劇に仕立てているのだ。そこには、「平家物語」や「太平記」に題材をとったいわゆる英雄譚ではなく、今生きる人間の真の姿に肉迫したいという作家の願望があったと考えていいだろう。

そして近松の世話物は大いに評判をとった。観客は、自分たちと等身大の庶民の恋の悲劇を、自分のことのように見て、感動の涙をこぼしたのである。
そのようにして、近松はもうひとつの町人文学を生み出したのだ。残念なことに西鶴と近松が、互いのことをどう思っていたのかを、私はまったく知らないのだが、江戸時代文学の二大巨人であることは間違いないと思う。

心中を恋愛悲劇と見る

近松はその後も時代物、世話物の両方に名作を発表していった。時代物としては、中国の明朝《みんちょう》の遺臣鄭《てい》芝龍《しりゅう》と日本人の妻との間に生まれた国姓爺《こくせんや》鄭成功《ていせいこう》が明朝を復興しようとする物語の「国性爺《こくせんや》合戦《かっせん》」が代表作である。そして世話物としては、「冥途《めいど》の飛脚《ひきゃく》」「心中天《しんじゅうてん》の網島《あみじま》」「女殺《おんなごろし》油《あぶらの》地獄《じごく》」などの傑作群がある。

近松の作品の約七割が時代物で、三割が世話物といったところだ。生涯に二十四編の世話物を書き、そのうちの十一編が心中物だった。

さてそこで、彼がリアルな恋愛悲劇を書こうとすると、なぜ心中物になったのかを考えてみよう。心中物の「心中」とは言うまでもなく、愛しあうのにわけあって結ばれることのできない男女が、せめて死んであの世で結ばれようと、手に手を取って死ぬことである。もともと心中とは心のうち、という意味の言葉だが、江戸時代に遊里で〈誠意をつくす〉〈義理を立てる〉という意味に使われるようになり、元禄の頃には、義理を立てて情死することが心中となり、多発したのだ。

実際の心中は、金につまったり、親不孝を重ねてどうにもならなくなってのものだったかもしれない。だが近松は心中を愛ゆえの悲劇と見た。

遊里には愛欲の自由があり、西鶴はそこを舞台として好色の道を書いたのだが、それは金の介在する遊びでしかない。それに対して、遊びではあきたらずそこで恋愛を求めてしまったらどうなるかに目をつけたのが近松だ。遊女と客が恋愛をしてしまったら、大金を払って身請けのできるお大尽《だいじん》でない限り、二人には心中するしか愛を貫く方法がないのだ。

近松は心中をそういうものと捉えることによって、愛ゆえの悲劇にしたのだ。人々は近松の心中物を、恋愛悲劇として楽しみ、ますます心中が多発するようになったりした。

当然のことながら、為政者はそういう流行を止めようとする。元禄より少し後の将軍吉宗は、恋愛などふしだらなけしからぬことと思っていた人で、心中を厳しく罰する法を作った。心中によって男女共死んだ場合は、死骸《しがい》を取り捨て、葬式を出すことも禁止、である。片方が生き残った時は下手人として死罪、両方が生き残った時は三日間さらしものにした後、人別帳より除外して非人とする、という法だった。そして、近松などの心中物の興行も禁止される。

つまり心中を、社会基盤を壊しにかかる行為だと為政者は見るのだ。そして近松は同じものを、生きている人間の心の悲劇と見て、創作意欲をかき立てられたのだろう。興行を禁じられてしまうより前に、十一編も心中物を書いたのは、彼の、人間を書きたいという作家魂によるものだった。

それはたとえば、シェイクスピアが「ロミオとジュリエット」を書いたのと似た事情だった。家柄や、世間の縛りというものから切り離されて、自由に恋愛をしてしまったロミオとジュリエットは、心中とはちょっと違うのだが、小さな行き違いから二人とも死ぬ。禁じられた恋愛は死につながるという意味で、あれも心中物と類似なのである。

近松の「冥途の飛脚」は、大坂新町の遊女と客との間に起こった事件を題材としたものだ。飛脚問屋の養子忠兵衛と遊女梅川《うめがわ》が、なじみを重ねるうちににっちもさっちもいかなくなり、性格に弱いところのある忠兵衛が、ついに自暴《じぼう》自棄《じき》になり罪を犯して捕らえられるという悲劇である。心中ではないのだが、恋愛に始まる身の破滅を描いていて、人間の弱さを浮き彫りにしている。

「心中天網島」は、大坂網島の大長寺《だいちょうじ》でおこった心中事件を題材としたもの。紙屋の治兵衛《じへえ》と、女房おさん、遊女小春の三角関係をからませながら、ついに心中に到るという物語である。ここでは、女房もからんで、そちらへの愛にも苦しめられる、という構成も見事で、近松の世話物の最高傑作かもしれない。

大衆を描く文学の力強さ

しかしながら、現代の我々が近松の世話物浄瑠璃を、本で活字で読んでみようとすると、なかなかにむずかしくて意味を解することが容易ではない。不思議なことに、いっそ劇場で浄瑠璃興行を見てしまい、節のある義太夫を聞いてみると、なんとなく意味がわかって楽しめるのだ。もともとそういう語りのために書かれている台本だからであろう。それを字で読もうとしても頭に入ってきにくい。

たとえば、「心中天網島」の、いよいよ二人が心中しようと、網島へやってくる部分をちょっと紹介してみよう。

「なういつまでうか〳〵歩《あゆ》みても。爰《こゝ》ぞ人の死場《しにば》とて定《さだ》まりし所もなし。いざ爰《こゝ》を往生場《わうじやうば》と手を取り土に坐《ざ》しければ。さればこそ死場《しにば》はいづくも同《おな》じことといひながら。わたしが道〻思ふにも二人《ふたり》が死顔並《しにがほなら》べて。小春《はる》と紙屋《や》治兵衛と心中と沙汰《さた》あらば。おさん様より頼みにて殺《ころ》してくれるな殺《ころ》すまい。挨拶《あいさつ》切ると取交《かは》せしその文《ふみ》を反古《ほうぐ》にし。大事《じ》の男をそゝのかしての心中は。さすが一座《ざ》流《なが》れの勤《つとめ》の者。義理《ぎり》知《し》らず偽《いつは》り者と世の人千人萬人より。おさん様一人《ひとり》の蔑《さげし》み。恨み妬《ねた》みもさぞと思ひやり。未来《みらい》の迷《まよひ》は是一つ。わたしを爰《こゝ》で殺《ころ》してこなさんどこぞ所を変《か》へ。ついと脇《わき》でと打凭《もた》れ口説《くど》けば共《とも》に口説泣《くどきなき》。ア、愚痴《ぐち》なことばかりおさんは舅《しうと》に取返《かや》され。暇《いとま》をやれば他人《たにん》と他人。離別《りべつ》の女に何《なん》の義《ぎ》理《り》。道すがらいふ通り今度《こんど》の〳〵ずんど今度《こんど》の先の世までも女夫《めをと》と契《ちぎ》る此の二人《ふたり》。枕を並《なら》べ死《し》ぬるに誰《たれ》が謗《そし》る誰《た》が妬《ねた》む」（日本古典文学大系49『近松浄瑠璃集・上』重友毅校注、岩波書店より）

やっぱりわかりにくいね。どこが地の文で、どれが誰の台詞《せりふ》なのかはっきりしないので、情景が浮かんでこないのだ。

だからこの浄瑠璃をシェイクスピアに戯曲にしてもらい、その日本語訳で読んでみることにしよう。

というのはもちろん冗談。私が以前に『ザ・対決』（講談社文庫）という短編集の中の「シェイクスピアVS近松門左衛門」という短編でやってみたシェイクスピア版「心中天網島」をお目にかけるのである。

小春と治兵衛登場

治兵衛　いつまでこうして歩いていても、ここが死場と決まったところがあるわけもない。さあ、ここだ。ここで二人いっしょに死のう。

小春　それでございます。こうしてここまで歩いてきながら、ほかに未練は何ひとつない私ながら、ただひとつ気がかりでたまらないことが思いつのってくるのです。

治兵衛　気がかりなこと？

小春　はい。私とあなたとが手に手をとって、死顔を並べて心中したということがおさん様の耳に入れば、どんなお気持になられるでしょう。おさん様とは約束を交しております。夫を殺して下さるな、縁を切って別れてくれとのお言葉に、誓いの手紙もさしあげています。それを裏切って、ひとの夫と心中するとは、やっぱり実のない遊女だからと、言われてしまうのも心残り。義理知らずの偽り者と世間の人にさげすまれるのは覚悟の上ですけれど、おさん様の心を思えばそれだけが心苦しいのです。どうか私をここで殺して下さいませ。そしてあなたはどこか遠く離れて死んで下さいませ。

治兵衛 離れて死ねと言うのか。ええい、つまらぬ愚痴《ぐち》を。心中をする者が、女房に遠慮して離れ離れに。なんということだ、それが心中か。おさんは舅《しゅうと》に返したのだ。契りを切ればもう何のゆかりもない他人。別れた女に義理だてせねばならぬ理由がどこにあろう。おまえもきいたはずではないか、ここへ来る道すがらの私の言葉。いっしょに死んだその後は、未来永劫《えいごう》先の世まで、二人は固く結ばれ心はひとつ。誰に遠慮して離れて死ぬのだ。さあここで。

この戯曲ならば意味がよくわかるよね。しかし江戸時代の人には近松の浄瑠璃ですべてはっきりとわかったのだ。そして我々だって実際に義太夫節を聞いてみると、声を張るところや、高くのばすところ、嫋々《じょうじょう》と続くところなどによって、そして人形の振りも見て、だいたい意味がわかるのである。

　そして江戸時代の町人の心理のドラマをちゃんと楽しむことができる。悲劇には涙することさえできるのである。

　それというのは、西鶴と近松が創始した町人を描く文学は、市井の庶民の生活と心情を写し取る大衆の文学として、日本文学の中に確実に根をおろしているからであろう。

　たとえば武田麟太郎《たけだりんたろう》の「日本三文オペラ」（一九三二）は、浅草の安アパートに生活する人々の群像を描き出し、庶民の日常生活を写実的に浮かび上がらせる小説である。なんでもない人間の生活がリアルに写されていて、悲劇でもあり喜劇でもある。

　はたまた織田作之助《おださくのすけ》の「夫婦善哉《めおとぜんざい》」（一九四〇）は、化粧品卸問屋の息子柳吉が家出して、芸者上がりの蝶子と所帯を持ち、次から次へと商売に失敗する物語である。だが、大阪人の伝統的な生活力の根強さで切り抜けていく。意志の弱い夫を、しっかり者の女房がささえて押し上げていく生き方がとてもリアルで、人間の生活力を思わせる。そういう庶民のエネルギーを描く小説を読むと私は、西鶴を思い出さずにはいられない。これらの小説は西鶴が初めて道をつけたものだ、と思うのだ。

そして悲恋の物語に接すると、こういう小説の元祖は近松だよなあ、と思う。

江戸時代に、大衆を描く文学は始まったのであり、それは今もなお日本文学の大きな柱のひとつになっているのである。

第八章

「浮世風呂」はケータイ小説？

言葉遊びの名人、十返舎一九《じっぺんしゃいっく》

江戸時代前期に、井原西鶴と近松門左衛門という二大作家が出て、文学を町人（庶民）のものにしたことの意義は大きい。江戸時代は町人文化が大きく花開いた時なのだが、文学もまた町人たちの楽しむものになっていったのだ。つまりは、大衆文学の誕生である。学問のあまりない町人が、笑って読んだり、ハラハラして読んだり、時には色情のからむ話をムラムラして読んだりするようになったのだ。それらの中にはいささかレベルの低い物語もあっただろうが、大衆の持つエネルギーがこもっていたことは否定できない。田沼意次《たぬまおきつぐ》の時代に世情が大いに開放的になるのだが、そんな時代背景のもとで江戸で出版業を営み、出版文化に大いなる隆盛をもたらした人物である蔦屋重三郎《つたやじゅうざぶろう》（一七五〇〜九七）という出版業者がいた。

一般に、蔦屋重三郎と言えば喜多川歌麿《きたがわうたまろ》、葛飾北斎《かつしかほくさい》、東洲斎写楽《とうしゅうさいしゃらく》などと組んで浮世絵版画の販売をしたことで知られているが、黄表紙《きびょうし》（大衆絵本）、洒落本《しゃれぼん》（遊里の風俗を書いた小説本）、狂歌絵本《きょうかえほん》など、書物の出版も大いにやった人物で、江戸の文化界の立役者であった。蔦屋が世に送り出した作家には、大田南畝《おおたなんぽ》（蜀山人《しょくさんじん》）、恋川春町《こいかわはるまち》、山東京伝《さんとうきょうでん》、曲亭馬琴《きょくていばきん》などがいた。

本が印刷（木版刷りだが）されて、人々に大いに読まれたということに注目してほしい。江戸時代以前の書物は、手で書き写されていたのだ。江戸時代に文学はマス・カルチャーになったと言ってもいいだろう。

さて、その蔦屋重三郎に一時期寄食《きしょく》していたのが、十返舎一九（一七六五～一八三一）だ。駿河《するが》の府中《ふちゅう》の生まれで、長じて大坂へ行き浄瑠璃作者の門に入って修業したりしたが、二十九歳で江戸へ出て、蔦屋の世話になっていたのだ。「心学時計草《しんがくとけいぐさ》」などの黄表紙や、洒落本を書いた。

その十返舎一九が一八〇二年に初編を刊行したのが滑稽本《こっけいぼん》「東海道中膝栗毛《とうかいどうちゅうひざくりげ》」である。この時蔦屋重三郎は亡くなっているので、別の版元から出版された。そして、これが世間に大好評で迎え入れられ、一九は二十年間にわたって続編を書き継いだのである。

「東海道中膝栗毛」と呼ばれるのは、発端《はじまり》と初編から八編までの十八冊であり、江戸を出発した弥次郎兵衛《やじろべえ》と喜多八《きたはち》が、大坂に到るまでの道中記だ。「続膝栗毛」と呼ばれるのが、金毘羅権現《こんぴらごんげん》、安芸《あき》の宮島《みやじま》を詣《もう》でたあと、木曾街道《きそかいどう》を善光寺《ぜんこうじ》、草津温泉《くさつおんせん》とたどって江戸へ帰るまでで、初編より十二編まで二十五冊ある。この合計四十三冊を合わせて「道中膝栗毛」と呼ぶこともある。

一九は大変器用な人物で、狂歌、川柳《せんりゅう》がうまいのはともかく、書も、画もよくした。そして「膝栗毛」の刊行に際しては、挿絵《さしえ》のほとんどと、本文の版《はん》下《した》も自作したのである。コスト安になるからと版元から歓迎されたそうだ。

「膝栗毛」をえんえんと書き継ぐ一方、ほかの読本《よみほん》、人情本《にんじようぼん》、滑稽本など、あらゆる分野に手をのばして書きまくった人で、曲亭馬琴から「浮世第一の天晴《あつぱれ》の戯作者《げさくしや》、著作料で生計《たつき》をたてた最初の人物」と評されている。

「膝栗毛」は言葉遊び、言葉の悪ふざけを楽しむ小説である。軽薄な江戸っ子の主人公二人が、まるでゲームのように洒落や皮肉や掛《か》け詞《ことば》で遊んでいる様子を、笑って読むものなのである。二人が品川あたりにさしかかった場面をちょっと引用してみよう。

「うち興《けう》じて、ほどなく品川《しながは》へつく。弥次郎兵へ

海辺《うみべ》をばなどしな川といふやらん

と難《なん》じたる上《かみ》の句《く》に、きた八とりあへず

されはさみづのあるにまかせて

いとおもしろく歩《あゆ》むともなしに、鈴《すゞ》が森《もり》にいたり、弥次郎兵衛

　おそろしや罪《つみ》ある人のくびだまにつけたる名《な》なれ鈴《すゞ》がもりとは

大森《おほもり》といへるは麦藁《むぎはら》ざいくの名物《めいぶつ》にて、家《いへ》ごとにあきなふ

　飯《めし》にたくむぎはらざいく買《かい》たまへこれは子《こ》どもをすかし屁《べ》のため

それより六郷《ろくごう》の渉《わたし》をこへて、万年屋《まんねんや》にて支度《したく》せんと、腰《こし》をかける　万年やのおんな『おはようございやす　弥二郎兵へ『二ぜんたのみます　きた八『コウ弥《や》二《じ》さん見なせへ、今の女の尻《けつ》は去年《きよねん》までは、柳《やなぎ》で居《い》たつけが、もふ臼《うす》になつたア。どふでも杵《きね》にこづかれると見へる。そしてめんよふ、道中《だうちう》の茶屋《ちやや》では、床《とこ》のまに、ひからびたはなをいけておくの。あのかけものをみねへ。なんだ　弥二『アリヤア鯉《こい》のたきのぼりよ　北『おらア又、鮒《ふな》がそうめんをくふのかとおもつた　弥二『コウむだをいはずとはやく喰《く》はつし。汁《しる》がさめらア　北『ヲヤいつの間《ま》にもつてきた。ドレ〳〵　トならちやをあり切さら〳〵としてやり　弥二『もふおはちが零落《れいらく》した　北『又さきへいつて、うめへものをしてやろふ』（『東海道中膝栗毛(上)』麻生磯次校注、岩波文庫より）

庶民の旅への憧れもすくい取る

弥次さん喜多さんの道中の面白さは、ほとんどが言葉遊びの面白さだということがわかってもらえると思う。そうむずかしい文章ではないのだが、ざっと意訳してみよう。

「はしゃぎながら行くうちに、品川に着いた。弥次郎兵衛ふざけて一句詠む。

海辺なのになぜ品川と言うのだろう

喜多八はこう下の句をつける。

鮫洲《さめず》（真水の意味のさみずに近い）という地名もあって、真水なんだから川だろう

そうやってふざけながら進むうちに、刑場のある鈴が森にやってきて、洒落て歌う。

おそろしや、罪ある人の首輪に鈴がついてるっていう地名なんだろう鈴が森とは

大森にやってきて、麦藁細工が名物で家々がそれを売っているのを見て、

飯にたいて食べる麦の、麦藁細工はぜひ買おう。それでむずかる子供をすかし（なだめる）ながらのすかしっ屁
それから六郷の渡しを渡って、万年屋という茶飯を食べさせる茶店で食事をしようと腰をかける。
万年屋の女『おはようございます』
弥二『二ぜんたのみます』
喜多『弥二さん見たかい。今の女の尻は去年までは細い柳腰だったが、もう臼になっちゃったね。さんざん杵でこづかれたんだろうな。それから変じゃねえか、床の間にどうしてひからびた花を活けているんだ。そして、あの掛《か》け軸《じく》を見ねえ。ありゃなんだ』
弥二『ありゃあ鯉の瀧上《たきのぼ》りの絵だ』
喜多『おらあまた、鮒がそうめんを食ってる絵かと思った』
弥二『むだ口をたたいてないで早く食え。汁がさめらあ』
喜多『おや、いつの間に持ってきたのか。どれどれ』
とさらさらと食べ、
弥二『もうおひつが空っぽだ』

喜多『また先へ行ってうまいものを食おう』」

たとえば私は、掛け軸の鯉の瀧上りの絵を見て（絵があまりうまくないのだろう）、鮒がそうめんを食ってる絵かと思った、と言うギャグを落語できいたことがある。その原形は「東海道中膝栗毛」の中にあったのか、と思うところだが、いやそれも違っているかもしれない。このふざけた台詞は古くからよく知られているもので、それを一九がこの作中に使っているのかもしれないのだ。

とにかくそんなふうに、「東海道中膝栗毛」は言葉遊びのオン・パレードである。全編が洒落や言いまわしのギャグに埋めつくされていて、その中でお調子者の江戸っ子の失敗談がくり広げられるのだ。

そして、人気を博して二十年も書き継がれる大作になったのには、言葉遊びが面白いだけではなくてもうひとつ理由があった。それはこれが道中記、つまり紀行文であり、各地の風俗、奇聞《きぶん》、方言などが巧みにおりこまれていたことだ。一九はある意味、名編集者のような人で、各地のことを詳しく調べ、旅行情報をふんだんにちりばめたのだ。だから「膝栗毛」は旅行ガイドのようにも読めたのである。

そういう点から考えてみても、十返舎一九はまことに職業作家と呼ぶにふさわしい人である。滑稽な本を書いたのだからふざけた遊び人なのかと思いがちだが、むしろその逆で、きわめて緻密細心《ちみつさいしん》で、潔癖《けっぺき》な性格だったと伝えられている。

馬琴が言ったという「著作料で生計をたてた最初の人物」という評が重要である。つまり一九は、日本最初のプロ作家だったのだ。

時流を摑み、大衆の好みを把握することにかけて当代随一だったと伝えられている。また一九は、「膝栗毛」でめぐっていく地方の、地元の狂歌作者の歌を作中に取り上げたりもする。つまり、その地方でも本が売れるようにするための、編集者的計算である。そんなふうに彼は、徹底した職業作家だったのだ。

そのことを逆から考えてみれば、江戸時代も後期に入った一八〇〇年代には、町人文学の世界にプロ作家が生まれる土台ができていた、ということであり、日本の大衆文学が大発展期を迎えたと言っていいのだと思う。

式亭三馬《しきていさんば》は会話を書かせて当代一

十返舎一九と並び称されるもう一人の滑稽本の大家が式亭三馬（一七七六～一八二二）であろう。江戸の浅草田原町《たわらまち》の生まれで、書店に奉公した後、書店万屋《よろずや》に婿入《むこい》りして、自ら書店を開くかたわら戯作に従事した。当時の戯作者は毎年休みなく何冊かの作品を書き続けなければ生活できなかった。出版産業が興《おこ》り始めていたとはいうものの、本の多くは貸本屋へまわり、人々はそこから借りて読むという状態だったため、出版部数がそう多くなかったのである。十返舎一九も、それがためにありとあらゆる分野に手を出して書きまくらなければならなかったが、式亭三馬もまた、多くの著作を手がけた。

だが、最も優れた作品は「浮世風呂《うきよぶろ》」と「浮世床《うきよどこ》」であろう。「浮世風呂」は正しくは「諢話《おどけばなし》浮世風呂」であり、一八〇九年から一三年にかけて、四編九冊が刊行された。江戸市中の銭湯に出入りするさまざまな男女の会話を写して、世相や庶民生活の実態を描き出した作品だ。「浮世床」は一八一三年から一四年発表で、正しくは「柳髪新話《りゅうはつしんわ》浮世床」。こちらは、当時一種の社交場であった市中の髪結《かみゆ》い床に集まってくる種々の人間の会話を写している。

一九の「東海道中膝栗毛」が、二人の主人公が旅をして、どんどん場面が変わっていくのに対して、三馬の「浮世風呂」と「浮世床」では、場面は固定されていて、そこに色とりどりの人が出入りし、とりとめもなく雑事を語っている、という構成である。三馬は、個性的な人物を創造したり、人間の心理の奥底にまで筆を及ぼす、ということをしなかった。物語をドラマチックに構成したり、教訓を含ませることもなかった。

ただ、三馬は江戸庶民の話しっぷりを真実そのままに書くことに長《た》けていた。誰かがしゃべっているのを、その場で書きとめたかのように、しゃべりにリアリティーがあるのだ。そう重要な話をしているわけではなくても、そこには、ああ、あるある、というおかしさが漂う。そういうリアリズムによって、人間の弱さや、おかしさをあぶり出している点において、滑稽本になっているのである。

少し、どんなものなのか見てみよう。

「をりからふろの中にて『湯気《ゆけ》に上《あが》つたさうだ。ヲイ、番頭《ばんとう》、目《め》を廻《まは》した人《ひと》があるゼヱ。湯気《ゆけ》に上《あが》つた〳〵　ばんとう『ナニ、湯気《ゆけ》に上《あが》つた。夫《それ》は大変《たいへん》〳〵　トゆばん大ぜいにてふろの中よりかつぎいだせば、いぜんのよい〳〵病人、ゆ気にあがつてたはひなし　『誰《だれ》だ〳〵　『よい〳〵のぶた七《しち》さ　『病人《べうにん》のくせに長湯《ながゆ》をするからだ　『水を吹《ふつ》かけろ　『草履《ざうり》を顔《かほ》へ載《のせ》ろヱ　『ナニ、そりやア癲癇《てんかん》だア。刀豆《なたまめ》と肩《かた》へ書《かく》が能《い》い『それこそ早打肩《はやうちかた》だア　『ぶた七ヤア引。ぶた七ヤア、イ。ドドドンチヤン〳〵『じやうだんじやアねへ。呼生《よびいけ》ろ〳〵　トかほへ水をふいて大さわぎになる。やう〳〵にぶた七はいきをかへす　『どうだ、ぶた七〳〵。気《き》がついたか〳〵　『気《き》はしつかりか　よい〳〵　『ウ、ウ、で、で、大丈夫《でじよぶ》だ〳〵。おだどうすたの　大きなこゐで　『湯気《いけ》に上《あが》つたよ　よい〳〵　『ヱ、ヱ　『湯気《いけ》に上《あが》つたよ　『湯気《いけ》、湯気《いけ》に上《あが》つた。ム、ム、飛《と》だ事《こ》たの。最能《もい》〳〵。大丈夫《でじよぶ》だ〳〵。モウ湯気下《いけさが》つた、〳〵。夢中《むちゆ》〳〵、夢中《むちゆ》だつけ。ヤツト〳〵、湯気下《いけさが》つた。大大《でで》、〳〵、大《で》丈夫《じよぶ》だ〳〵』（日本古典文学大系63『浮世風呂』中村通夫校注、岩波書店より）

　これが江戸時代の町人のしゃべりのままなのだから、現代語訳することにはあまり意味がない。

　わかりにくいところだけを注釈すると、早打肩というのは肩が急に充血して痛む病気の名。その治療法として、肩に刀豆と書くことが行われていた。

ぶた七が息を吹き返して言う「おだどうすたの」は、「おらはどうしたの」が訛《なま》っているのだろう。

この部分を読んだだけでもわかるだろうが、「浮世風呂」という小説は騒がしい。町人がのびのびとしゃべりまくっているのである。そしてこの騒がしさの中に、庶民のリアリティーがあって、つい苦笑してしまう、というしかけになっている。

ほとんど会話だけで成り立っているこういう小説は、現代で言えばケータイ小説に近いかもしれない。とっつきやすく、自分の身近なものという気がして親近感がわくのだ。そういう意味で、式亭三馬はまぎれもなく庶民文学の第一人者と言うべきなのである。

人情本の為永春水《ためながしゅんすい》もケータイ小説？

滑稽本だけがこの頃盛んだったわけではない。たとえば一八二〇年代に入ると、人情本というものの人気が高まった。

それ以前に、洒落本というものがあったが、これは遊里でモテる秘訣《ひけつ》のようなことばかり書いたものであった。主人公が遊里へ行き、野暮ではなく、粋で通《つう》なふるまいをするという話で、つまりこれは遊び場所でモテるための手引き書のようなものだったのだ。色街での話なのに艶《つや》めいたエロな味わいはなく、ひたすら、こうすれば粋で格好いい、ということだけを指南するのである。遊女の人間性を描く気などさらさらなく、近松のように恋情によって悲劇が生まれる、ということを書く意図もなかった。言うなれば、ただただ遊里におけるお洒落読本だったのである。

ところが、一八二〇年代頃から、その洒落本から派生して人情本というジャンルが出てきたのである。その直接のきっかけは、寛政《かんせい》の改革で公序良俗《こうじょりょうぞく》に反する書物への禁止令が布《し》かれたことであった。洒落本作家の山東京伝が手鎖《ぐさり》五十日の刑をくらったりして、作家たちは遊里におけるお洒落読本を書きにくくなったのだ。そこで、遊里の話の中にさえ教訓をこめようという動きが出てきて、客と遊女の間にはまことがなければならない、なんてことを書き始めたのだ。これが人情本の始まりである。

ところがこのことは、文学的には内容の深まりをもたらした。つまり、人情本においては、愛が重要なテーマになってくるのである。

人情本の主人公は洒落本の主人公のような通人ではなく、ルックスのいい若者とか、金持ちの息子とかになった。そしてそういう主人公が、遊女に愛され、尽くされるのだ。洒落本においては、遊女に本気で恋をしてしまうなど野暮のきわみだったのに、人情本では遊女に恋をしたり、ついには結婚したりするのだ。洒落本の中の遊女には個性がなかったが、人情本では、女たちのひとりひとりに個性が与えられた。そして、決してヒーローではない主人公の男に惚れきって、深みにはまっていくのである。つまり、大変にロマンチックな恋愛小説になったのだ。

そういう人情本を最高水準にまで高めたのが為永春水（一七九〇〜一八四三）である。

春水は町家の子として江戸に生まれた。若い頃に式亭三馬の門に入り、柳《りゅう》亭《てい》種彦《たねひこ》の助手もやっていたが、本当にやりたかったのは出版業らしい。やがて青林堂越前屋という書店を興して出版を行ったが、小さな店なので有名作家を使うことができない。それで自分で書き始めた、といういきさつがあるらしい。

春水は一八三二年から三三年にかけて、「春色梅児誉美《しゅんしょくうめごよみ》」全四編十二冊を刊行し、この作品は読者から熱狂的歓迎を受けて、江戸人情本の元祖、と言われるようになる。

「梅児誉美」の主人公丹次郎《たんじろう》はもともとは家老の隠し子だが、今は無実の罪をなすりつけられて社会の表舞台には出られぬ身だ。そして、とにもかくにも色男なのである。芸者の米八《よねはち》が、その丹次郎に燃えるような恋をして、激しく思いのたけをぶつけてくる。金を貢《みつ》ぎ、衣食の世話をして、時には嫉妬に狂ったりもするのだが、色男とはそういうものなのか、丹次郎はそれほど米八に心動かされるわけでもない。許婚《いいなずけ》のお長《ちょう》にも気を奪われたりして、米八を苦しめる。その米八とお長の恋のさや当ての場面などもある。丹次郎はただおろおろとするばかりだ。

それどころか丹次郎は、芸者の仇吉《あだきち》とまで深い仲になるのである。米八と仇吉の恋のライバル合戦はすさまじいものになる。

なるほどこれは愛欲の小説だが、主な読者が女性に設定されているので、あからさまな性描写はなかった。人間の性欲に迫ってはいるが、ポルノグラフィーになることはなかったのだ。当時の女性読者は、何人もの女に惚れられながら一人に溺《おぼ》れきらず、煮《に》えきらない丹次郎に色情の真実を見て、かえって憎からず思ったのである。つまり、恋と夢が描かれていることに感動したのだ。

春水は会話文の名人だった。式亭三馬から江戸会話文の描写を学び、物語のほとんどを会話で進めるのだ。だからここにも、江戸時代のケータイ小説があった、と言うことができる。

春水の会話文はものの見事に当時の口語体である。文芸評論家のドナルド・キーン氏は『日本文学の歴史9　近世篇3』（徳岡孝夫訳、中央公論新社）の中で、春水は言文一致に近い文体で、明治の二葉亭四迷《ふたばていしめい》に先行した作家だった、としている。二葉亭より五十年も前に、言文一致にきわめて近いものを書いている、というのだ。

そんな春水も、一八四一年の末、奉行所に呼び出されて翌年手鎖五十日の刑を受ける。天保《てんぽう》の改革の余波を受けてのことである。刑期を終えたあとの春水は、二度と以前のような成功を収めることなく、すぐに死去した。

曲亭馬琴は日本最大の伝奇作家

江戸時代後期には、読本《よみほん》、というものも完成された。読本というのは変な呼び名だが、挿絵に重点が置かれた草双紙とはちょっと別の読みもの、というところからの命名だ。そして語るのは、教訓色の強い物語である。多くは中国の小説に触発されていて、伝奇的なロマンスを語った。そして、時代設定を室町戦乱の時期にしているものが多かった。

読本の中で語られる事件は、日常生活の中で出合うような出来事ではなく、謎の婆《ばば》あとか絶世の美女とか、正義の忠臣などが巻きおこす奇想天外な怪異《かいい》事件であった。つまり、伝奇小説なのである。そしてそれに、時々作者が出てきて教訓をたれる。

中国の古典に題材を取っていることが多いとはいうものの、決して難解な知識人のための小説ではない。勧善懲悪や、因果応報《いんがおうほう》を説くロマンチック・ノヴェルで、町人が胸をワクワクさせて読んだものである。

曲亭馬琴（滝沢馬琴とも。一七六七〜一八四八）は、ありとあらゆるジャンルの小説を精力的に書いた人物だが、読本作家として最も成功した。いったい話がどこへ進むのか予想もできないような壮大な伝奇ロマンを展開していって、読者を幻想と怪奇の異世界へつれていってしまう馬琴の小説は、彼を読本の第一人者としたのである。

馬琴は武家の第五子として江戸に生まれた。若い頃には旗本の家を転々と奉公したが、一七九〇年になって職業作家となる決意を固め山東京伝の門に入った。京伝が手鎖の刑に処された時には、師の名前で黄表紙数冊を書いている。しかし、馬琴の代表作といえば「椿説弓張月《ちんせつゆみはりづき》」（一八〇七〜一一）と「南総里《なんそうさと》見八犬伝《みはっけんでん》」（一八一四〜四二）であろう。「椿説弓張月」は「保元物語《ほうげんものがたり》」などに扱われている源為朝《みなもとのためとも》の生涯を題材にしているが、史実にはまったくしばられず、最後には為朝が琉球《りゅうきゅう》の王になってしまうという、波瀾万丈の大長編である。とにかくスケールの大きな冒険譚《ぼうけんたん》で、中国文学に通じている馬琴だからこそ書けた、というものだ。武家の出の馬琴は、武士道の理想を語りきり、あくまで真面目《まじめ》な情熱によって教養小説風に、この大ロマンを書いたのだ。

そして、「南総里見八犬伝」はますますもってすごいことになる。一八一四年、馬琴四十八歳の時に第一輯《しゅう》が出たこの小説は、主題がどんどん大きくなっていき、ついには二十八年を費やして百六冊の大長編になってしまうのだ。日本最大の伝奇小説と呼ばれるのも当然、という怪著である。

その中心となるストーリーを簡単にまとめてみよう。

結城《ゆうき》家の将、里見義実《よしざね》は敵に包囲され落城寸前に、番犬の八房《やつぶさ》に、敵将の首を取ってきたら娘の伏姫《ふせひめ》を与えると、ざれ言を言ってしまう。すると八房は本当に敵将の首を取ってくるのだ。伏姫は、約束を破るのはよくないことだと、八房とともに山に隠れて住む。そして、畜生《ちくしょう》との間にいやらしいことがあってはならないと身を守るのだが、一年住むうちに自分が懐妊したことを知るのだ。義実の家来の金碗大輔孝徳《たかのり》は山に入って伏姫を救おうとするが、誤って伏姫を撃ってしまう。すると、伏姫が首にかけていた数珠《じゅず》から仁・義・礼・智・忠・信・孝・悌《てい》の字を彫《ほ》った八つの玉が飛び出し、各地に散る。やがてその八つの玉を持った、苗字《みょうじ》に犬の字を冠した八犬士が各所に生まれ、八犬士は力を合わせて里見家の再興をなしとげていくのだ。

というのは話のスタート地点を説明しただけで、入り組んだ大長編を紹介したことには全然なっていない、という複雑で絢爛《けんらん》たる物語である。悪漢《あっかん》や怪人が次から次へと登場し、八犬士は自分の持っている玉の文字であらわされる徳の力でもって、危難《きなん》を乗り越えていくのだ。まことに超絶《ちょうぜつ》の大衆小説と言っていいだろう。

江戸時代も後期になると、そんな大衆文学が花開いたのである。滑稽本の十返舎一九と式亭三馬、人情本の為永春水、読本の曲亭馬琴などは、日本の文学史を語る上で欠かせない人材である。

何度も言うようだが、町人のための大衆文学の誕生だった点において、この時代の小説には価値がある。庶民に支持された、というところにエネルギーがあるのだ。

しかし、それだけで本当によかったのか、とも考えてみよう。文学というものが、そこまで町人に受け入れられるものになってしまって、はたして質的向上はあったのだろうか、という疑問も持ってみるべきなのだ。

確かに、江戸大衆文学の価値はちゃんとあって、小さなものではない。だが、すべてがそれになってしまっていいのだろうか。教養ある知識人が、これこそ文学だと感心するようなものも、一方にはちゃんとなければならないのではないか。そういう心配もすべきところであろう。

その心配を杞憂《きゆう》に終わらせる大変化がやがてこの日本におこるのである。江戸時代が終わって、明治という新時代が始まることによって、日本の文学は一変するのである。

第九章

漱石の文章は英語力のたまもの

世界に出せる日本文学は?

世界文学全集、というものがある。最近は世界文学全集があまりはやっていないと、もう何年も言われてきたのだが、ここ数年新しい世界文学全集や、それに近いものが刊行されていて、少し風向きが変わってきたのか、と注目されている。

私は若い頃から世界文学全集が妙に好きで、できることなら全部持っていたい、と思う人間だった。今は四つの世界文学全集を揃《そろ》えている。

ただし、世界文学全集は隅から隅まで全部読むものではない。私など、多く見積もっても持っている全集の三割読んでいるだろうか、というところだ。あとの七割はまだ読んでいないのだが、持っていることに価値があるのである。つまり、読むべき名作はちゃんと持っていて、必要とあればいつでも読める、と思えることが重要なのだ。というわけで私は、トルストイの「戦争と平和」もちゃんと持っているのだ。あれを読むことはおそらく一生ないんだろうな、と思いながら。

さて、そういう世界文学全集だが、どの全集にも日本の文学作品がひとつも入っていないのは、よく考えてみると奇妙なことではないだろうか。日本の文学は世界レベルには達していなくて、世界中から名作を集めた世界文学全集に入れるものはないと言うのだろうか。

そう言うと、多くの人が、おいおいそれは違うよと、私の思い違いを指摘するであろう。

日本人作家による日本文学の名作は、日本文学全集というものを組んでそこに収録しているんだよ、と。だから世界文学全集に日本文学は入らないのだ。日本の全集と、世界の全集の二本立てで考える習慣になっているわけだ。

多くの人はその考え方で納得しているようである。歴史でも、日本史と世界史は別の教科になっているわけで、それと同じように、日本文学と世界文学は分けて考えるのが習慣なんだと。

しかし私はその考え方はおかしいと思うのである。世界、という概念の中に日本は含まれている、と考えるのがまっとうだからだ。日本は世界の一部なのである。日本以外の諸外国の総称が世界なのではない。

というわけで、日本で世界文学全集と言われているものは、実は外国文学全集なのである。日本が入っていないんだから、世界と称するのは詐称《さしょう》である。

日本には、日本文学全集と、日本以外の国々の文学全集があって二本立てになっているのだ。

さてそこで、私が言うところの、真の世界文学全集のことを考えてみよう。日本も含めた全世界から名作を集めた文学全集である。そういうものを仮に組んでみるとしたら、さてその中に日本文学は入るのであろうか。

日本文学全集と世界文学全集を比較してみて、日本文学全集のほうが選考の基準が甘いということはすぐわかることであろう。なにせ日本文学の中からだけ、名作をたとえば全五十巻分集めるわけだから。世界文学全集のほうは、全世界という広い範囲から選んだ全五十巻である。世界文学全集に入ることのほうがよほど狭き門なのである。

これは、スポーツにおける日本新記録と世界新記録の違いと同様のことである。普通には、日本新記録より世界新記録のほうがいい記録なのだ。

ただ、日本人選手が世界新記録を出すことがないわけではない。その記録は、日本新記録であると同時に世界新記録でもあるわけだ。日本人が、そういう世界で評価される記録を出したのだ。

さて、文学においても、そういうことはあるのだろうか。私の言うところの真の世界文学全集を組むとして、その中に入る日本文学はあるのだろうか、という疑問である。

私の考えでは、日本の文学も世界に出してみてそうレベルの低いものではない。そういう世界文学全集に入れなきゃいけない日本人作家はちゃんといると思う。ただし、世界中の文学の中から選ぶのだから、そんなにたくさんの人は入れられない。五十巻の全集のうち、三巻か四巻を日本人作家に割り当てる、というぐらいが妥当《だとう》なところだろう。

誰が世界文学全集に入るのか。まず、紫式部の「源氏物語」が入るのは間違いのないところであろう。これは、場合によっては一人で二巻を占めたって入れるべきだ。

そして次に、絶対入れるべきなのが夏目漱石だ。ここまではためらいの余地がない。

それ以外に、三人ぐらいの作家を入れるとして、それを誰にすべきかは人によって意見の分かれるところだろう。私も、その三人をこの人たちだと断定するまでの確信はない。ただ、私の好みと、勘《かん》で考えてみて、井原西鶴と、谷崎潤一郎と、大江健三郎かな、なんて気がしている。井原西鶴は近世の庶民の実相を文学に取り上げた点で評価が高く、谷崎潤一郎は言葉で美的世界をゆるぎなく構成できる腕力がなまじのものではなくて認めざるをえないし、大江健三郎は理屈まみれの別バージョンの私小説作家であり、世界のどの国の人にも伝わる文学の冒険は評価に値すると思うからだ。そこに読者のあなたがぜひ入れたいと推薦する作家を一人加えて、以上六人が世界文学全集に入れるべき日本人作家だということにしようではないか。

漱石は現代の文章を創った

以上、ちょっとムダ話をしてしまったが、実は言いたいことがあったからである。それは日本文学の中で、夏目漱石（一八六七～一九一六）は一歩ぬきん出ていて、別格だなあ、ということだ。紫式部という世界的な天才は別にして、日本文学の第一人者と言えば文句なく夏目漱石なのである。

何より、よく読まれている。今現在も、何冊かの著書の文庫版が増刷をしていて、あらゆる文庫本の中で最も売れているのが漱石の「坊っちゃん」や「こころ」なのだ。日本人のほとんどの人が、漱石の小説をひとつやふたつは読んでいると考えると、ちょっと驚異的なほどである。

考えてみると、漱石の小説が現代人にも、なんの苦もなくすらすら読める(漢字は新字に直し、現代仮名づかいに直してあれば、という条件はつく)のは、信じられないようなことである。漱石の処女作「吾輩は猫である」が世に出たのは一九〇五～〇六年のことで、「坊っちゃん」が一九〇六年、「三四郎」が一九〇八年、遺作の「明暗」(未完)が一九一六年で、その年に漱石は没している。つまり、約百年前の作家なのだ。百年前の小説で、現代の人がすらすら読めるのは漱石のものだけだと言ってもいいだろう。

森鷗外《もりおうがい》(一八六二～一九二二)も、二葉亭四迷(一八六四～一九〇九)も、樋《ひ》口一葉《ぐちいちよう》(一八七二～九六)も、今の高校生には非常に読みにくいはずだ。現代語訳してくれなきゃチンプンカンプンだよ、と言うかもしれない。なのに漱石の「吾輩は猫である」は、小学校高学年で笑って読めるのである。これは大変なことだ。

なぜ漱石の小説は百年たっても読めるのだろう。実はその答えは、漱石は現代の文章を創った人だからだ。

明治という新時代になって、日本の作家や文学者たちは、江戸時代の戯作の文章や、候文《そうろうぶん》などではなく、新しい文章を生み出さなければならないとさまざまに努力した。言文一致運動をした二葉亭四迷や、割にわかりやすい文章を書いた福沢諭吉《ふくざわゆきち》（一八三四〜一九〇一）、落語家だが創作もした三遊亭円朝《さんゆうていえんちょう》（一八三九〜一九〇〇）などが、新しい可能性のある文章を模索していた。四迷はロシア語を学んでツルゲーネフを訳したりし、しゃべる通りに書く文章を創ろうとした。これが言文一致運動である。

山田美妙《やまだびみよう》（一八六八〜一九一〇）も言文一致の文章をめざし、〈だ〉〈である〉体がいいのか、〈です〉〈ます〉体がいいのかなどを大いに考案したが、決定的な成果は出せなかった。

そういう時代の中で、漱石がついに現代の文章を完成させたのである。今の我々の文章は漱石が創ったと言っていいのだ。

このことは、決して私の思い込みではない。たとえば、司馬遼太郎《しばりようたろう》も、漱石こそが現代の文章の完成者であると書いたり、発言したりしている。ドナルド・キーンとの対談の中でこういうことも言っている。

「明治元年以後の日本語の文章がいつ成熟したのか。私は夏目漱石で、最初の成熟を見たと思います。この成熟というのは、一つの文章で日米貿易摩擦についての社説を書くこともできれば、自分の恋愛感情を小説にすることもできる、つまり多目的に使えるという意味の文章ですが、それを明治四十年前後に漱石がつくったと思っています」（『世界のなかの日本』中公文庫より）

これと同様の意見を、井上ひさしも言っている。『漱石先生ぞな、もし』（文春文庫）という著作のある半藤一利《はんどうかずとし》もまた、漱石の「吾輩は猫である」によって、〈だ〉〈である〉体が自由自在に使われる文章が生まれ、今日我々が普通に使う文章が完成したのだと分析している。

要するに、夏目漱石は現代の文章を創った人なのだ。そのことだけを見ても、特別な人だと評価できる。

なぜ漱石には新しい文章を創ることができたのだろう。それについて私が思うのは、彼が英文学者であったということだ。ともすれば忘れがちなのだが、もともと漱石は東京帝国大学で英文学を教える教師だったのだ。その少し前には、文部省から、英語研究のためにロンドンへ留学させられている。そこで彼はノイローゼになるほど英語研究に打ち込んでいた。だから小説家になる前の漱石は、おそらく日本人の中で最も英語と英文学のことを知っている学者だったのだ。その英語力が、新しい日本語の文章を創るのに役立ったのではないだろうか。

「吾輩は猫である」の書き出しの、「吾輩は猫である。名前はまだ無い」は、よく考えてみると、“I am a cat. I have no name, yet.”と英語に置きかえられるのだ。私に英語力がないから、それ以上は英訳できないのだが、どう考えてもあの文章の背後には、英語的構造が隠れているのである。そのせいで、情感やムードに流れることなく、きっちりと論理性を持った文章になっていて、論文を書くこともできる現代の文章が生み出されているのだ。

ただしここであわてて言い添えておくと、漱石が得意だったのは英語だけではない。漱石は中学生の頃は漢文の秀才で、英語の道へ進むことにした時は、それより漢文のほうがいいかと大いに悩んだくらいなのである。

それから、漱石は落語も好きだし、江戸滑稽文学や狂歌も愛読していて、大田南畝（蜀山人）のファンだった。江戸っ子で、早口の啖呵《たんか》なども自在にしゃべれた。そういうことの総合から漱石の文章が出てきたと考えるべきなのだが、あの文章の論理性はやっぱり英語力のたまものだという気がするのである。

新時代の文学を模索《もさく》

漱石の偉大さは新しい文章を創造したことだけにあるのではない。何を書くか、においても、漱石は現代の文学への扉を開けた人なのだ。

江戸時代に、文学が町人のものになり、いわば大衆の文学が花開いたことは既に説明した。それによって文学が多彩になり、大いに隆盛をとげたというのも事実ではあるのだが、悪いほうから考えてみると、文学が俗に流れ、レベルが下がってしまった、とも言えなくはない。

そして、時代が大きく変わって明治になる。武士の時代が終わり、鎖国がやめになって大いに世界に目を向けたわけだ。

明治になった時の日本人の変わり身の早さは驚くほどのものである。鎖国から百八十度変わって、大いに西洋に学んで近代化すべし、ということになるのだ。政府の要人が大挙してアメリカ、ヨーロッパを訪問し、政治のやり方を学んでくるのだから、その熱心さは尋常《じんじょう》ではない。大学を造ればその教授をヨーロッパやアメリカから招き、近代技術の指導者もヨーロッパから招き、軍部さえも近代軍事のことをヨーロッパから指導者を呼んで学ぶ。

この先は近代日本でなければならない、ということを日本中がひとつも疑わなかった。新時代になったのだ、というのが国民の総意だったのである。

そのことは、文学においても同じだった。新時代の文学は、江戸時代の大衆文学とはまるで別のものでなければならない、という意識が大いにおこったのだ。もう弥次さん喜多さんや、八犬士の話ではどうにもならん、と考えるわけだ。西洋の文学を学んで、新時代の文学を始めよう、と。

坪内逍遙《つぼうちしようよう》（一八五九〜一九三五）は、英文学を学んでシェイクスピアを日本に紹介した人だが、一八八五〜八六年に「小説神髄《しようせつしんずい》」を著《あらわ》して新しい小説のあり方を提言した。そこで言っているのは、それまでの文学における勧善懲悪主義を排して写実主義を重んじるべし、ということである。

「小説の主脳は人情なり（中略）この人情の奥を穿《うが》ちて、賢人、君子はさらなり、老若男女、善悪正邪の心の中の内幕をば洩《もら》す所なく描きいだして周密精到《しゆうみつせいとう》、人情を灼然《しやくぜん》として見えしむるを我が小説家の務めとはするなり」（『小説神髄』岩波文庫より）

つまり、人間の心理を描くのが新しい小説だと言っているのだ。筋の面白さや、怪異や、道徳を描くのが小説ではないのだと。これが明治の小説のめざすものとなった。

ただし、逍遙のこの主張は見事なものだが、彼は新時代の文学を生み出すまでには到らなかった。できるだけ写実的に書いてはいるのだが、まだ江戸文学の味わいを引きずっているのだ。

一方、樋口一葉は注目に値する。彼女が一八九五〜九六年に発表した「たけくらべ」は、十三歳から十五歳くらいの思春期の男女を取り上げて、淡い恋心や、大人になるのを拒否したい揺れ動く心理を描いており、人間の実情に迫っているのだ。ただし、一葉はそれを江戸時代調の古い文章で書いている。その点では古い文学なのだが、テーマは現代の小説につながるものであった。ただ、残念なことに一葉はそれを書いた半年後に二十四歳の若さで亡くなる。

そういう、行くべき道を模索している時代に、漱石が登場するのである。漱石の「吾輩は猫である」や「坊っちゃん」は、文章は新しいのだが、ユーモアが主体のもので、人間心理の描写という点ではまだ物足りないところがあるかもしれない。ところが、「三四郎」「それから」「門」とつながる三部作ぐらいから、漱石は人間心理をものの見事に書いていくのだ。つまり、テーマが現代文学なのである。ようやく江戸時代の文学に終止符がうたれ、二十世紀の日本文学が生まれたと言ってもいいのである。

真の世界文学全集が組まれるとしたら、漱石は絶対に入れなければならない、と私が思うのはそこである。

英文学が下敷きにされている

夏目漱石に、どうして新しい文学が生み出せたのかを考えていくと、どうしたって出てくるのが英文学の影響だ。たとえばの話、十八世紀のイギリスの小説に、フランシス・コベントリーの「チビ犬ポンペイ物語　あるいはある愛玩《あいがん》犬《けん》の生活と冒険」というものがあるのだが、漱石は英文学者だからそれを読んでいた。それから、ドイツ人作家のホフマンに「牡猫《おすねこ》ムルの人生観　並びに楽長ヨハネス・クライスラーの断片的伝記（反故紙）」という作品のあることも知っていた。どちらも、動物を主人公にした物語である。それらを知っていたからこそ、「吾輩は猫である」が発想できたのだろう、というのは無理な想像ではない。

さらに言うと、丸谷才一氏は、「吾輩は猫である」にヒントを与えた小説は、イギリスのスターンという牧師兼作家の「紳士トリストラム・シャンディの生活と意見」だろう、という説を立てている。漱石はロンドン留学の前、熊本の五高の先生をしていた時にその小説を日本に紹介する短文を発表しているのだから、読んでいたことは絶対なのだ。

その「トリストラム・シャンディ」は破天荒《はてんこう》な奇書である。たとえば、主人公はトリストラム・シャンディという男のはずなのに、話が脱線ばかりして、全九巻ある物語の第三巻でようやく主人公が生まれるというあきれた展開なのだ。第六巻ぐらいでもまだ主人公は子供である。その小説は、世にある小説へのパロディであり、出鱈目の博覧会であり、作者の悪ふざけの極致のようなものである。

ああいうふうに、気の向くままにふざけて書いていけば面白いものができるかもしれない、と考えて漱石は「猫」が書けたのだろう、というのが丸谷説である。漱石が英文学者であったことを思えば、大いに信憑性《しんぴょうせい》のある説である。

また、丸谷氏は「坊っちゃん」のお手本はイギリスの作家フィールディングの「トム・ジョーンズ」であろう、という説も立てている。「トム・ジョーンズ」というのは、ある伯爵《はくしゃく》家で育てられている捨て子で孤児のトム・ジョーンズが、冒険してみたくて都へ出て、次から次へとトラブルを巻きおこして、あわや断頭台で処刑されそうになるがなんとか助かる、というような話である。そして最後には、実はトムは伯爵家のお嬢様の隠し子だったことがわかり、伯爵と和解してめでたし、めでたしという話だ。

そして、トム・ジョーンズというのはあきれた好色漢で女性に手を出してばかりというような男なのだが、丸谷氏によると、この好色ぶりは「坊っちゃん」には皆無である。その点は大きく変えている。

だが、実家での居心地が悪くて（坊っちゃんは親に愛されていない子である。両親が亡くなって、兄とは気が合わない、ということがちゃんと書いてある）、旅に出て、旅先でトラブルに巻き込まれ、大騒動をおこすという構成は、「トム・ジョーンズ」そのものである、と丸谷氏は言うのだ。

そして私も、そういうことがあるのは少しも不思議ではないと思う。東京帝国大学で英文学の講義をしている先生なのだもの、頭の中には英文学がぎっしり詰まっているに決まっているのだ。そして、自分で何か書いてみようとすれば、知りつくしている英文学の影響を受けないわけがない。江戸戯作文学の笑いを部分的に取り入れたりもしただろうが、小説の構成とか、テーマの立て方などで、完成度の高い近代イギリス文学が下敷きになるのは当然のことなのである。

そのようにして、漱石はいきなり現代の文学を生み出すことができた。「こころ」から「道草」「明暗」まで、その文学的な深さと広がりは大変なものである。言ってみれば、漱石はたった一人で日本の現代文学の土台を完成させてしまったのだ。これはちょっとした奇跡だと言ってもいいぐらいのことかもしれない。

森鷗外は知的で真面目すぎる

さて、私の話をここまで読んできて、どうしてあの人のことを語らないのだと、イライラしている人がいるかもしれない。漱石についてそんなに語るなら、同じくらい語るべきもう一人の人がいるだろう、と思うわけだ。

その人とは、森鷗外（一八六二〜一九二二）である。漱石・鷗外と並び称せられることもあるという、もう一人の明治の文豪だ。私は漱石よりも鷗外のほうが偉大だと思う、という意見の人も珍しくはないだろう。

確かに、鷗外も文豪である。そして同時に、軍医として大出世をした偉人でもある。鷗外は東大医学部を出た理系の人である点において、英文科を出ている文系の漱石とは異質である。

鷗外はドイツに留学をして、ドイツ文学にも接している。そして、そこでの踊り子との恋愛を題材にして、「舞姫」(一八九〇)を書いて小説家となった。この小説の文章は、和文調と漢文調をミックスした雅文体《がぶんたい》と呼ばれるもので、現代の文章とは少し違うのだが、知的で美しいものである。「舞姫」の冒頭の文章はこうだ。

「石炭をば早《は》や積み果てつ。中等室の卓《つくえ》のほとりはいと静《しずか》にて、熾熱燈《しねつとう》の光の晴れがましきも徒《あだ》なり。今宵《こよい》は夜ごとにここに集《つど》ひ来る骨牌《カルタ》仲間も『ホテル』に宿りて、舟に残れるは余《よ》一人のみなれば」(『舞姫・うたかたの記 他三篇』岩波文庫より)

これは現代人にすら読める文章とは言い難く、現代の文章を生み出したという手柄は漱石のものだということになるだろう。しかし、鷗外の小説のテーマとか、語り口は現代につながるものである。

鷗外は徳川時代の武士階級の家柄の出の人であり、ごく自然に、侍《さむらい》の誇りを忘れてはならないとか、忠孝を何より重んずべきというような封建的イデオロギーを持っていた。それなのに同時に、西洋の自然科学を学んだ科学者の眼も持っていた人だ。その両者を知性でひとつにまとめているのである。

鷗外はアンデルセンの「即興詩人」を翻訳し、文学的に高く評価される。

そういう活動が、漱石がデビューするより前のことである。教師をしていた頃の漱石から見て、鷗外は世評の高い文豪で、うらやましい人であった。後に自分が作家になってからは、漱石は鷗外のことを大先輩として敬い、新刊書が出ると贈呈したりした。ただし、あんまり親しく交際したわけではない。漱石にとって鷗外は、とりあえず立てておくしかない人であった。

鷗外は「ヰタ・セクスアリス」や「青年」「雁」など、中期の充実作を書いていく。面白いのはこの中の「青年」という小説が、明らかに漱石の「三四郎」に刺激を受けて、いわば対抗意識から書かれたものだということだ。そして、作品的完成度では「三四郎」に及ばない、と言われている。

だが、鷗外の作家人生も充実している。「高瀬舟」「寒山拾得《じっとく》」などを書き「豊熟《ほうじゅく》の時代」を迎えるのだ。そして、明治天皇が崩御《ほうぎょ》し、乃木《のぎ》大将が自刃《じじん》した事件がおこると、ふいに鷗外は歴史小説を書き始める。「阿部一族」や「渋江抽斎《ちゅうさい》」がその代表作で、鷗外の作品では後期の歴史小説が最も優れている、という評価もあるのである。

いずれにしても、鷗外の文学活動もまた豊饒《ほうじょう》である。文豪である、とするのに異論のはさみようがないだろう。

しかしながら、鷗外の文学は真面目すぎるのだ。どこにもふざけたところがなく、科学的な感じと、武士的な感じがする。どの作品も、知性と教養によって書かれているという感想を持ってしまう。

そのせいか、鷗外の文学は、鷗外だけのもので、その人が亡くなった後、跡を継ぐ者がいないのだ。とても偉い人だから、立派な作品を書いたのだと、個人的に尊敬するしかないようなところがある。

それとくらべてみると、漱石の拓《ひら》いた道には、数多くの追随者《ついずいしゃ》が出た。直接の弟子もいたし、そうではない者も、漱石が始めた現代文学の路線を進むしかなかったのである。

鷗外に弟子はいなかった。それどころか、晩年に書いていた歴史小説には読者がいなかった。どれもあまりに長く、あまりにもドラマがなく、人間の心理的葛藤《かっとう》が書かれていないので、大衆にはほとんど歓迎されなかったのである。

でも価値は高い、と言う人が一方にいるのは事実なのだが、普通に言って、鷗外はだんだん面白くないものを書くようになっていった、なんとなく偉大な作家なのだ。だから人々は、文豪と言われると鷗外をつい思い浮かべてしまう。

しかし、冷静に考えてみれば、やはり大作家と呼ぶべきは、多くの人に喜んで読まれ、深いことを考えさせた作家であろう。すごく知的で偉い人なんだ、というのは文学的評価ではないわけである。

言うまでもないことながら、いやそうではない、鷗外は偉大な作家だ、と考える人がいてもいい。作家の価値を人気の有無で測ってはいけない、という考え方もあるだろう。

だが私の個人的意見では、鷗外は知的すぎてあまり面白くなく、読む楽しみがどうも少ない。そこで、明治大正の文学者では夏目漱石がチャンピオンで、漱石の作品ならば自信を持って世界に出せる、という考えになるのである。

第十章

みんな自分にしか興味がない

自然主義文学が曲がり角だった

さて、この雑談も前章でようやく漱石、鷗外のところまで来たのだが、この先はきわめて大雑把《おおざっぱ》に、超特急で語ることになるとお断りしておこう。というのは、漱石、鷗外以降の日本文学を丁寧《ていねい》に見ていけば、優にもう一冊の本になるほど内容が豊かなのだが、私がここでしている雑談はそういう個別の作家に立ち入った文学論ではなく、日本文学の基本の流れを大づかみに説明してみようというもので、日本文学全集を組んだら必ず収録されるだろう一人一人の作家について語っているゆとりはないのである。大きく、日本文学の特質と価値を考えてみるのだ。

そこでまず、ここまでに触れてなかった日本近代文学の先駆者を見てみることにしよう。たとえばその一人が幸田露伴《こうだろはん》（一八六七〜一九四七）だ。代表作は「五重塔《ごじゅうのとう》」であろう。五重塔の建築をがむしゃらに請け負う大工の職人気質《かたぎ》を描くこの小説は、語り口が端正で、理性的である。露伴の作品は静かに男性的で、格調が高かった。中国文学への造詣《ぞうけい》が深かった人だが、そこに理想を置いている点において、ある意味日本的な文学の人だった。

まったく男性的でないのが泉鏡花《いずみきょうか》（一八七三〜一九三九）である。代表作は「高野聖《こうやひじり》」「婦系図《おんなけいず》」「歌行燈《うたあんどん》」など。鏡花は異常なほどに母恋しの人であり、そこから来る女性崇拝《すうはい》の考えを、怪奇的幻想美の中に描き出した。鏡花は江戸時代の戯作から文体に影響を受けていたが、日本の耽美《たんび》文学の祖とも考えられる人である。

さて、漱石が大いに仕事をしていた頃、日本文学に自然主義という派が生まれ何人かの作家を輩出《はいしゅつ》した。それが、国木田独歩《くにきだどっぽ》（一八七一〜一九〇八）や、田山花袋《たやまかたい》（一八七一〜一九三〇）や、島崎藤村《しまざきとうそん》（一八七二〜一九四三）や、徳田《とくだ》秋声《しゅうせい》（一八七一〜一九四三）や、正宗白鳥《まさむねはくちょう》（一八七九〜一九六二）らである。

自然主義は、フランスのゾラやフローベールの文学に大きく影響を受けた思想で、人間の真の姿を書くのが文学、という考え方だが、日本の自然主義は、ゾラやフローベールのそれとは少し別のものに育っていった。ゾラやフローベールが人間の真実に迫ろうとしたのに対して、日本では、個人の真実、つまりは作者の真実をどんどん掘り下げて書く、という方向に流れたのである。すなわち、あたかも告白小説のようになっていったのだ。

考えてみれば、明治後期のこの頃には、日常的に文学を楽しもうという教養ある階層はそんなに多くなかった。それは数少ない大学生など、一部の人々だったのだ。そして、小説家になろうという人は、ほとんどが大学などを出ている、ひと握《にぎ》りのエリートだった。そういうエリートが、自分のことを赤裸々《せきらら》に掘り下げて告白するかのように書けば、真実に迫っており、文学だ、という一種のありがたみのようなものがあったのだ。

大学生たちは、学識ある作家が自分を大いに見つめ、愛欲の苦悩や、家庭内の不和や、傲慢《ごうまん》や劣等感などをつつみ隠さず告白するのを読んで、これぞ人間の真実だ、文学的とはこういうことなんだと憧れたのだ。その結果、文学は物語性をほとんど持ちえず、ただ個人的な苦悩の告白であるばかりになった。「武蔵野《むさしの》」が代表作である国木田独歩はいくらか現実を冷静に見て語ろうとする傾向があったが、「蒲団《ふとん》」が代表作の田山花袋は、モーパッサンを大いに読んだというのに、小説にはただ自分の体験を綴ることしかできなかった。うるさいほどに自分のことを懺悔《ざんげ》すれば文学だと思っていたのだろうか、という気がするほどである。

島崎藤村は「若菜集《わかなしゅう》」で詩人としてスタートした時はロマン派だったが、小説家に転じて、「破戒《はかい》」「新生」「夜明け前」などを書き、自然主義に組み入れられるようになった。自分の告白そのものの「新生」がある一方で、時代の中に翻弄《ほんろう》される個人を描く「破戒」「夜明け前」があるのは、やや社会的である。しかしながら、人間のドラマが立ちあがってくるところまではいかない。「あらくれ」「縮図」の徳田秋声はいくらか社会的な視点を持ちながら、思想の深みに欠け、読者をどこへも導かない。

自分のことを赤裸々に告白すれば文学的だ、という奇妙な思い込みが、このように日本文学の中に芽生えてしまったのは、本当は悲しむべきことだったかもしれない。個々の作家たちの情熱は真面目なものだったが、自分個人からスタートして、人間の普遍《ふへん》にまで達するのが文学だ、という視点が欠けていたのである。

この自然主義文学が、私小説という日本に特有の文学傾向につながっていくわけだ。作家という選ばれた人が、自分のことをありのままに語るのが文学だという、かなりいびつな文学観ができてしまうのである。

白樺《しらかば》派《は》も自分のことを書く

一九一〇年の四月に、学習院出身の若き文学志望者たちによって雑誌『白樺』が創刊された。この雑誌を発表の場にした一派が、白樺派である。

白樺派のことを考えるのはなんとなく虚しい。冷静に振り返ってみると白樺派文学は、名門校出身のお坊っちゃまたちの、ヘンな文学だからである。

まず、白樺派の作家たちの名をあげておこう。それは、武者小路実篤《むしゃのこうじさねあつ》（一八八五～一九七六）であり、志賀直哉《しがなおや》（一八八三～一九七一）であり、長与善郎《ながよよしろう》（一八八八～一九六一）や、有島武郎《ありしまたけお》（一八七八～一九二三）や、里見弴《さとみとん》（一八八八～一九八三）もそうだった。

このお坊っちゃまたちが、芸術を尊ぶ思いは真剣なものだった。トルストイやメーテルリンクを尊敬し、その文学より、思想に共鳴していた。すなわち、人道主義とか、理想主義に影響され、ピューリタン的正義を主張したのだ。また『白樺』はロダンやセザンヌ、ルノワールやゴッホなどの画家も日本に紹介した。社会や政治には見向きもせず、ただ芸術だけが至上であるかのように考える若者の集まりだった。

有島武郎だけは例外だが、『白樺』同人たちは生涯を通して社会的事件には目を向けず、それを真面目に考えることすら嫌悪したのだ。白樺派のメンバーは自然主義の作家とはまったく違い、自分の趣味や価値観に絶対の自信を持ち、それを公言してはばからなかった。つまり、セレブのお坊っちゃんの文学なのだ。

作家の中から三人を見てみよう。まずは武者小路実篤である。実篤は自己信仰と言うのがふさわしいほど、自分を選ばれた人間だと思っていた男だ。人道主義者ではあるが、本質的な部分では個人主義の男だった。「お目出たき人」「友情」「愛と死」などの代表作は、当時の青年たちなら感動したのかもしれないが、実は独りよがりの真面目小説である。なにより、自分の考えることが最も正しいと思い込んでいる人間の書いた小説であるところが致命的なキズで、今では一種のユーモア文学としてしか読めない。こんな自信家のお坊っちゃんがそばにいたらたまらないだろうな、という珍しい作家である。

ところが、志賀直哉もこの白樺派だから話がややこしくなる。志賀直哉ほど偶像視《ぐうぞうし》されている作家はほかにいない、というぐらい日本では評価されているのだ。小説の神様だ、と言う人さえいる。谷崎潤一郎が「文章讀本」の中で志賀の文章をほめたので、日本でいちばん文章のうまい人だということになっている。

確かに、後世の作家にも多大な影響を残した。名文家であり、短い小説は無駄なく完璧《かんぺき》に語られており、どれも宝石のようである。よくぞこの精緻《せいち》な美を描き上げたものだという気がする。しかしながら、志賀の小説には思想がない。ただ彼の好みに合う細やかさを表現しているだけなのだ。

志賀は武者小路と違って人道主義者ではない。個人主義者であり、快楽主義者でもある。でもとにかく、自分のことにしか関心がない自信家という点で、やっぱり白樺派である。

志賀は、父親との不和、という自分の境遇に一生こだわり抜いた作家である。父親と和解すれば「和解」を書いた。その前には父との不和の小説を書いた。他人にはなんの関心もなくて、超然とした自信家のくせに、自分のこだわりは執拗《しつよう》に書くのである。どうしてあなたのその悩みを読まされなきゃいけないんだ、と読者としては言いたくなってしまう。

代表作の「暗夜行路《あんやこうろ》」を見てみよう。主人公は時任謙作《ときとうけんさく》という名家の出の作家である。そういうことなら、これは志賀自身のことだな、と思って読者は読むわけだが、作者もそう読まれることを承知の上である。つまり、セレブの作家の心の苦悩を描いた小説だ。

ただし、すべて自分の人生のありのままではなくて、二つ大きな虚構を持ち込んでいる。それは、主人公は父と母の間の子ではなく、祖父が母を犯して生まれた子だ、ということと、主人公の妻がいとこに犯される、という事件だ。その二つは、志賀の人生に実際にあったことではない。しかし、それ以外は、志賀の迷いや悩みをありのままに書いた小説である。つまり、私の人生、私の思想を読め、という感じの小説なのだ。文章はうまい。部分的には見事な場面もある。だが主人公に魅力がなく、根底に優越感を持っている男の苦悩には説得力がなく、物語は論理的構造を持っていない。

大きな虚構があるものの、結局は私小説なのだ。そして白樺派だから、自己肯定《こうてい》の私小説である。こういう小説は日本画を見た時のように、部分的精緻さに感心する、という鑑賞をするしかないのではないだろうか。

もう一人、白樺派で注目すべきは有島武郎であろう。有島は学習院中等科を出たあと札幌《さっぽろ》農学校に進んだ。その後アメリカに留学してハーバード大学で学んでいる。『白樺』ができた時に、学習院の先輩ということで参加を求められたのだが、武者小路や志賀よりも五歳以上年上だった。

そして、有島は確かに名家の出の人だったが、外国を体験しており、外国文学をよく読んでいた。そのおかげで、代表作「或《あ》る女」は一人の強い意志と行動力を持つ女性をありありと描き出している。「アンナ・カレーニナ」からの影響が指摘されるほどであり、世界文学的なのである。

この小説の主人公には実在のモデルがあるし、有島の分身のような人物が出てきて狂言回しをする。そういうところは、身辺記録風な要素もあるのだが、やはりこの小説は私小説とはまったく別のものだろう。それを書き得た点において、有島は異色の白樺派ということになるであろう。

芥川《あくたがわ》と荷風《かふう》と谷崎

プロレタリア文学について語るのは省略しよう。「蟹工船《かにこうせん》」が二〇〇八年の流行語大賞のひとつに選ばれるなど、思いがけず最近またプロレタリア文学が注目されているのだが、これは一過性のものだろう。労働者のための運動の一環としての文学であるプロレタリア文学は、そういう目的を有する点において、文学としての純粋さに欠け、価値が低いのである。政治パンフレットは文学ではない、ということだ。

だからここでは、近代文学における三人の巨匠の仕事を見てみよう。

まずは芥川龍之介（一八九二〜一九二七）である。芥川は頭のいい作家だ。

ものすごい読書量と、端正で正確な描写力で、この上なく知的な小説を書いた。若くして文壇《ぶんだん》に認められ、ある種時の人だった。なのに私生活においては、病気と苦悩に振りまわされ、繊細《せんさい》な神経がズタズタに傷ついていた人でもあったのだ。なんだか存在自体が文学的だという気のする作家である。

芥川はエゴイズムの人であり、生きていくにはエゴイズムだけでは苦しいばかりだ、ということに生涯苦しめられた。そういう彼が世間というものに対して異議を唱《とな》えたくなった時、それが小説のテーマになる。すると芥川はそのテーマを表現するために、驚異的な教養の中から、ふさわしい話を引っぱり出し、本歌取りの形式で小説にするのだ。初期の作品がほとんど歴史物で、「今《こん》昔《じゃく》物語」や、江戸キリシタン文学などの形式による語り直しなのはそのせいである。つまり、人間観察をもとに小説を書くのではなく、知識で小説を作ったのだ。

芥川はプロレタリア文学にはあまり接近しなかった。それから、私小説にも冷淡だった。自伝的小説は書いているが、私小説はほとんど書いていない（ひとつも書いていないと断言できないのは、狂っていく男の心理を描く「歯車」が、ある種の私小説かも、と思うからである）。

芥川の小説は知性で書かれているが故に、時が流れても古びるということがない。ある種の永遠性を持った作家なのである。

次に、永井荷風（一八七九〜一九五九）を見てみよう。この人も変人であった。

永井は名家の出で、父の力でアメリカに留学し、フランスに渡るなどしたのだが、彼はそういう名家の人間であることに生涯反抗した。家柄《いえがら》にも世間にも反抗して、ただ好きなことだけをし、好きなことだけを書く作家となる。超のつく個人主義者で、ヒューマニズムを重んじた。色街に遊び、玄人《くろうと》女とばかりつきあい、その世界のことを書いた。耽美派と言われるのはそのせいである。「腕くらべ」や「濹東綺譚《ぼくとうきだん》」が代表作だが、自分の好きな花柳界《かりゅうかい》のことだけをひたすら書いて、生涯変人として生きたこんな作家が、文学史の中にいて何か価値があるのだろうか、という気がしてしまうこともある。もちろん大きな価値があるのさ、と思い直したりもするが。

さて、谷崎潤一郎（一八八六〜一九六五）のことを考えてみよう。代表作をあげようとして、「刺青《しせい》」「痴人《ちじん》の愛」「卍《まんじ》」「蓼喰《たでく》う虫」「春琴抄《しゅんきんしょう》」「細雪《ささめゆき》」「少将滋幹《しげもと》の母」「鍵《かぎ》」と、いくらでも作品名が浮かんでくるこの人はまことに大作家である。

谷崎の根本は、母恋しの自信家で、女性崇拝を一生書き続けた、実はちょっと変態の作家である。ただ、谷崎は自分のその変態性を、自己告白の形では書かなかった。自分のことを赤裸々に語る、という日本式の私小説には目もくれず、必ず、絢爛たる物語として展開するのだ。少し通俗的なほどの物語性が、実は谷崎文学の大きさかな、という気もするのである。

谷崎は変態なのに悩まない。自信たっぷりに、どうですこの物語はこわいぐらいに豊かでしょう、とさし出してくるのだ。そして、あきれるほどの文章力で語られるヘンテコな物語は、確かに魅力的なのだ。

谷崎は日本文学のワクを超えている人なのかもしれない。一時期、谷崎は思想のない作家だなどと言われたこともあるのだが、自分の好きな世界を、完璧に構成でき、有無を言わせず読ませてしまう怪力の作家として、小さな思想に振りまわされている文学よりはるかに力強いのである。

川端康成は変態作家なのか

第一次世界大戦の頃、西ヨーロッパにダダイズム、未来派、表現主義などの破壊的な芸術運動が生まれたのを受けて、日本には新感覚派が出現した。一方にプロレタリア文学があった時に、イデオロギーによらない芸術至上主義、象徴《しょうちょう》主義、モダニズム文学が模索《もさく》されたのである。

横光利一《よこみつりいち》（一八九八〜一九四七）は、新感覚派のエースだった。ほとんど処女作と言っていい「日輪」は耶馬台国《やまと》の卑弥呼《ひみこ》と、それを取り巻く王子たちを物語るものだが、ものすごく斬新《ざんしん》な語り口だった。つまり、感覚的な修飾、ハイテンポの文体、短い文章などで、強烈な極彩色《ごくさいしき》物語として展開したのである。時代小説と言うよりは、とびきり新しい現代小説のようであった。

つまり、新感覚派は新しかったのである。自分の告白ばかりしている自然主義文学とはまるで違っていて、芸術的で象徴的で、実験的だった。

横光には「機械」のような、心理描写を重視したセンテンスの長い小説もあるが、とにかく、一生実験を重ねたような作家である。この人の存在自体が、日本文学における奇跡のような気がするほどだ。

ところで、川端康成（一八九九〜一九七二）も、少なくとも初期の一時期は新感覚派だったのであり、話をわからなくさせる。川端康成と言えばノーベル文学賞を受賞した日本を代表する大作家であり、感受性の鋭い天才型の人、ということになる。名作「伊豆《いず》の踊子《おどりこ》」はたびたび映画化されて、青春小説の傑作ということになっている。高校の教科書にはぜひとも収録したいものだ、なんて。

ところが、実は川端康成も変態作家なのだ。「伊豆の踊子」はロリコン小説である（これは決して悪口ではない。変態の心理を美しい文学にすることは可能であり、有意義である。少し変態なのは作家としての財産だという気がするほどだ）。

川端は少年時代に家族のすべてを失って、孤児の感情を持っていた男だった。みなし子の心の痛みと、同情されることを嫌う反抗心を育てたということだ。若き日には同性愛にも心惹《ひ》かれた。

孤児の悲哀を抱いていた彼は、だからこそ傲慢でもあった。自分の美意識のみを重視して、それを絶対のものとするのだ。

「伊豆の踊子」を見てみよう。東京の一高生（今の、東大の教養課程にあたる）である主人公は、孤児根性からねじくれていた心をほぐそうとして、一人で伊豆の温泉をめぐっている。そして、旅の芸人一座の一行と知りあい、その中の十四歳の踊子にほのかに惹かれる。

小説をぼんやりと読んでいると気がつきにくいことなのだが、この出会いには階層の違いがある。一高生というのは、人々が思わず敬語で話しかけてしまうような知的エリートなのだ。そして一方、旅芸人とは、村に立ち入ること禁止、と立て札が出ているような、時には春をひさぐこともしていた最下層の人間なのだ。なのにこの小説では、一高生と旅芸人の踊子が清らかに心を通わせるのであり、そこが感動的なのだ。しかしよく考えてみると、その感じのよさは、上位に立つ者の傲慢の上に成立しているのである。

この主人公は、幼い少女に憧れられるのを喜んでいるだけだ。そして、やけに感傷的で、涙をポロポロこぼしたりする。それを多くの読者は感動的だと思うのかもしれないが、それよりは、自己陶酔《とうすい》的な男だなあ、と思うほうが正しいような気がする。

つまり、川端は自分の気持ちのいいものしか見ていないのである。自分が美しいと思うものしか見ない、たとえ目に入ったとしても美しくないものは見ようともしない、という点で、川端はとても冷酷《れいこく》な人間である。自分にしか興味のない頑固《がんこ》な孤児なのだ。

「雪国」や「山の音」といった名作も、根本のところで変態的である。それは文学的には少しも悪いことではないが、川端もまたある意味、自分の説明ばかりしていた日本的作家だと言えるのではないだろうか。川端は私小説は書かなかったが、ちゃんと物語を書いていながら、実は自分の説明に終始した人のような気がするのである。

もう一人の変態大作家である谷崎は、自分の嗜好《しこう》を絢爛たる物語にして読者をそこに引きずり込んだ。だが川端は、なんとなく美しい物語になっているのだが、何をよしとしているのかどうもよくわからん、というところで小説を書いていたような気がする。

しかし、これは私の好みが前へ出すぎた言い方かもしれない。川端の抒情《じょじょう》こそ美しく、時としてその小説にはゾッとするほどおそろしい深みもあって、大変な作家である、と評価する人のほうが多いのである。

太宰と三島の類似点

日本文学総まくりをしているわけではないので、多くの作家のことを省略していくことになる。転向文学についても、ますます作家の中にとじこもっていった私小説についても、ここでは特に論考しない。時代が戦争のほうへと突き進んでいく中で生まれた戦争文学についてもここでは省略しよう。

ただ私は最後に、無頼派《ぶらいは》の太宰治（一九〇九〜四八）と、戦後最大の文豪三島由紀夫（一九二五〜七〇）の二人のことを考えてみようと思う。

太宰はまったくもって無頼な人間だった。生活がむちゃくちゃで、極度の憂《ゆう》鬱《うつ》を抱え、既成の価値を嫌い抜いた人生だった。文章の名人であり、どんなことでも物語にしてみせる才能には驚くばかりだが、繊細すぎる神経のせいで、書けることが限られていた。つまり、巨大なきまりの悪さを抱いて生きていた人なのだ。太宰の不思議な罪悪感は、若い頃に左翼運動にちょっとだけ関わり、そこから脱落したことによる、という指摘があることを軽く述べておこう。

とにかく太宰は、絶望と虚無の中に生き、だからこそかえって道化と笑いを忘れることができなかった。「ヴィヨンの妻」「斜陽」「人間失格」などが代表作だが、これらは日本の私小説を新たな地平にまで高めたものと言っていいだろう。

一方、三島由紀夫はもともと文学的に神童だった。三島の文体には技巧があふれ返り、修飾性に満ち満ちている。そんなむずかしい言葉をどうして知っているんだ、と言いたくなるような天才の文学なのである。西洋文学にも日本の古典文学にも通じ、ありとあらゆる題材で、きらめきをはなっているような小説を書いた。

私は長らく、三島由紀夫とはウマが合わないような気がしてほとんど読んでいなかったのだが（それは、彼があんな死に方をしたことも原因している。あれにつられて読むなんてごめんだ、と思ったのである）、六十歳近くになって「金閣《きんかく》寺《じ》」を読んで、日本にこんな小説があったのかと驚いた。本当にあった金閣寺への放火事件を素材としているのに、事件の真相の方へはまるで近寄る気もない小説なのだ。あの小説は、〈美〉なるものと、〈劣等感〉というふたつの観念が、ぐるぐる渦巻いて理屈だけでできあがっている。そしてそれが、きらびやかな人工の美にまで昇りつめているのだ。なんという作家かと、舌を巻いた。三島の中にどういう思想があり、それがどう変貌《へんぼう》していったのかを説明する力は私にはない。そのあたりのことは、常識人にはついていけない人だったと思う。ただ、三島はスターであり、スターであり続けたかった人なんだろうな、と思うばかりだ。

ただ、ここで私が言いたいのは、太宰と三島は不思議によく似た人だったのではないだろうか、ということだ。

そう言うと、反論がいっぱい出そうだ。太宰は女性的であり、三島は男性的（であることをものすごく意識していた）な作家ではないか、と言う人もいるだろう。太宰は語りの名人であり、三島は華麗《かれい》なまでの装飾と技巧の天才で、ちょっと違うのでは、とか。

だが私が考えるその二人の共通性は、徹底的に自分にしか興味のないところだ。好むものは違っていたが、二人とも、自分が愛することしか書かないし、そもそも見てもいないようなところがある。そういう強烈なまでの自分中心思想の持ち主なのだ。

二人とも作家なのだから、そういう人間であって悪いというわけではない。だからこそ名作が書けたというのが事実であろう。

しかし、日本文学はともすれば社会や時代には目を向けようともしないんだよなあ、という印象も持つのである。どうして作家は自分の説明ばかりしようとするのだろう。

この雑談で私は、日本の近代、現代小説を少々辛口に語っている。志賀直哉や川端康成にまで注文をつけたりして、何様のつもりだ、と思った人もいるかもしれない。

しかし私が言いたかったのは、日本の近代、現代小説は、私小説というものの方向へ流れてしまったせいで、少しばかり異形の、世界文学とは別のルートをたどってしまったのではないだろうか、ということなのだ。もちろんそうであっても日本文学の価値は大変なものではあるけれど、私小説という文学の袋小路の害のことを、一度は言ってみたかったのである。

第十一章

戦後文学史は百花繚乱

まずは戦争文学が出現した

戦争中は日本人は精神の自由を奪われていた。戦争をしているというのは大変なことで、お国のために戦い、勝つ、という一方向のみを向かされるのである。戦前からの反政府運動などはガチガチに弾圧され、その火はほとんど消えかかっていた。

たとえば谷崎潤一郎は「細雪」の発表を禁止され、いつ公開できるかわからないそれをただ書き続けていた。それともうひとつの仕事は、「源氏物語」を現代語訳することで、要するに作家としては休業状態だった。

永井荷風はただ日記をつけていただけだ。

ほかにも、日本の行く末を案ずる日記をつけていた作家は何人もいるが、その日記がもし公開されたら思想犯として罰せられるのであり、秘密に書いていたのだ。

戦争中とはそういうものである。何人もの作家が従軍日記を書かされたが、それは日本人の士気を鼓舞《こぶ》するための作文にすぎなかった。戦争中には画家は戦争画を描かされる、というのと同じである。

要するに、戦争中には作家たちに自由がなかった。つまり、文学が自由ではなかったということである。

その戦争が、敗戦という形で終わると、いきなり作家たちは自由になった。アメリカの駐留軍による干渉は多少はあったが、それは戦争中とは逆の、軍国主義礼賛へのブレーキなどであって、戦争中の不自由とは別のものであった。大ざっぱに言って、作家たちは何を書いてもよくなったのである。

そこで、文学がどっと盛んになった。あらゆるタイプの文学が出現し、百花繚乱の様相を呈したのである。

そうなるともう、ナントカ主義の一派とか、ナニナニ派というグループ、などには分けられなくて、ひとりひとりの作家が好きなように書いたという状況である。だから、主だった作家の個別の仕事を見ていくしかない。

日本の戦後文学はどう始まったかだ。

そこでまず、大岡昇平《おおおかしょうへい》の仕事が注目される。大岡は召集を受けてフィリピンのミンドロ島に送られ、米軍の俘虜《ふりょ》となる経験をした。

そこで「俘虜記」を発表した。要するに、米軍につかまり、野戦病院や、収容所での生活を描いた作品で、そんな時人間はどうなってしまうかを描いたものである。米兵を撃つチャンスがあったのになぜか撃てなかった体験からは、人間の内面への考察がある。収容所で、国家への忠誠義務を捨てた人間はどうなってしまうかを観察している。占領下の日本の姿が見えてくるわけである。

「野火」も、日本の戦後文学のひとつの頂点である。病気のため軍隊から排除された一兵士の孤独な彷徨《ほうこう》を描いた小説で、極限状況におかれた人間の意識をクールな文体で表現している。ものすごい飢えに苦しむわけだが、そこで人間の死体を食べていいか悪いかが問われる。死体から肉を切り出そうとする右手を、自分の左手が自然におさえ込む、というシーンは印象的である。

そういう戦争文学を書く一方で、大岡はスタンダール風の恋愛小説「武蔵野夫人」も書き、私小説を超えたロマンの回復に寄与した。

次に注目すべきは野間宏《のまひろし》である。

野間は敗戦後、ただちに処女作「暗い絵」を発表した。日華事変の始まった昭和十二、三年頃の「暗い谷間」の時代の一日を回想しつつ、この先どう生きるかを問う作品である。

また、「真空地帯」は、軍隊の本質を見きわめる意図のもとに書かれたが、日本の陸軍内務班の陰湿で暴力的な人間関係を描き出していて注目された。狭い閉ざされた空間に人間集団がむりやり押しこめられたときに感ずるゴツゴツとした不快感、閉塞感、そしてそのなかで人間性が剝ぎとられ、存在がむきだしになっていく姿が、見事なリアリティをもって表わされている（この部分、「昭和文学全集16」（小学館）の紅野謙介氏の解説による）。

そして野間は二十数年の歳月をかけて「青年の環《わ》」（全五巻）を完成するのである。

椎名麟三《りんぞう》も第一次戦後派の作家である。

「深夜の酒宴」は、かつて共産党員であり、獄中で発狂したことのある須巻という人物が「僕」という一人称で書いた手記の形の小説である。貧困と無知という環境の中、この世界の存在には何の意味があるか、人生は生きるに値するか、思想に何の意味があるか、といった人生窮極の問題を盛り込んでいる。戦争を体験すると、人間は思索的になるのである。

「永遠なる序章」という長編小説は、極貧の家に生まれ、戦争で負傷して片足に義足をつけている私鉄の検車係の男が、肺結核と心臓病で余命いくばくもないと宣告されて病院から帰る途中、不意に生きていることの戦慄的な歓喜を覚える、という内容だ。戦後の混乱の中で、人生に批判的でありながらも、喜んで人生を肯定しようとする生き方が訴えられている。

要するに戦後すぐの文学は、とんだ地獄を見てしまったという報告と、これからどう生きていこう、という考察をしているのだ。まずはそこから始まったのである。

アヴァンギャルドと第三の新人

戦後いちはやく活動を始めたのは、昭和二十一年一月に創刊された同人雑誌「近代文学」の同人たちだった。その同人とは、荒正人《あらまさひと》、小田切秀雄《おだぎりひでお》、佐々木《ささき》基一《きいち》、埴谷雄高《はにやゆたか》、平野謙《ひらのけん》、本多秋五《ほんだしゅうご》、山室静《やまむろしずか》の七人である。

その中の埴谷雄高に注目してみよう。埴谷雄高の「死霊《しれい》」と言えば、私が大学生の頃には学生必読の小説だった。ドストエフスキーの「カラマーゾフの兄弟」にも似て、三輪与志、三輪高志、首猛夫、矢場徹吾という四人の兄弟が出てきて、まるでこの世の外のようなところで、奇怪な議論を延々とやるという思考実験みたいな小説である。私が大学生の頃には第四章までしかない未完の物語だったが、その後、第五章、第六章、第七章、第八章、第九章まで書き継がれ、未完ではあるがある区切りまでは至っている。

とにかくもう暗いイメージの世界で、やたら理屈をこねまわし、アフォリズムがちりばめられていて、日本のドストエフスキーといった感じだった。私はこの小説について友人と徹夜で論じあったこともある。ある種の人を、そんなふうに夢中にさせるところのある悪夢的小説と言ってもいいかもしれない。

では次に、安部公房《あべこうぼう》を見てみよう。

アヴァンギャルド文学の第一人者として、「壁―S・カルマ氏の犯罪」で芥川賞をとった安部公房は、私も若い頃すっかりはまった作家だ。「飢餓同盟」「けものたちは故郷をめざす」「第四間氷期」と読んできて、「第四間氷期」が純粋にSFなので嬉しくなってしまったものだ。安部公房の小説はその語り口が氷のようにクールで、マジックのようにトリッキーで、理系の人のとんでもないホラ話のような気もするのだった。

「砂の女」「燃えつきた地図」「箱男」などどれもコーフンして読んだなあ。特に「砂の女」は、ある砂丘地帯の蟻地獄みたいな砂の穴にとじこめられた一人の中学教師が、脱出不可能な穴の中で、一人の寡婦と暮らすうちにだんだん新しい自己にめざめていくというヘンな話で、映画化もされ、それも奇妙に面白かった。

私にとって安部公房はすごく奇妙なことをあきれるくらいに理科的に語ってくれる手品師のような小説家だった。

さて話を先に進めよう。昭和二十年代後半に入ると、新しい作家が登場した。そのうち、小島信夫《こじまのぶお》、三浦朱門《みうらしゅもん》、安岡章太郎《やすおかしょうたろう》、吉行淳之介《よしゆきじゅんのすけ》、庄野潤《しょうのじゅん》三《ぞう》、北杜夫《きたもりお》、阿川弘之《あがわひろゆき》、遠藤周作《えんどうしゅうさく》らをまとめて、第三の新人と呼んだ。第一次戦後派、第二次戦後派の次だから第三の新人と言ったのだ。

小島信夫は「アメリカン・スクール」が出世作だが、「抱擁家族」が代表作であろう。この主人公は、妻がアメリカ人青年と姦通したことを知るが、罰することも、許して家庭を守ることもできない。やがて妻が癌で死に、再婚を願ううちに長男は家出する。そういう家庭の崩壊を描きながら、まるで寓話のようにふわふわと話が進むのだ。作者は深いところで何も信じていないのかもしれない。ほかに「別れる理由」も代表作。

庄野潤三は「プールサイド小景」が出世作で、会社をくびになった中年のサラリーマン夫婦の心理の動きを描いた。プールの風景を全体の枠に使っていて、一見安定しているように見えるものが実は脆《もろ》い、という主題を描いている。

安岡章太郎は「陰気な愉《たの》しみ」が出世作だが、「海辺《かいへん》の光景」が代表作だろうか。海辺の精神病院に「私」は父とともに母を見舞う。母は老耄《ろうもう》性痴呆症である。私は西日の当たる病室に泊まり込んで、母が死ぬまで九日間看病する。単調な時間の繰り返しの中に、戦後の一家の暮らしが回想される。親との関係という主題が正面に捉えられている。

ほかに、自分の家系（土佐の安岡家）の歴史を、幕末から明治維新を経て自由民権運動まで綴った「流離譚」も代表作であろう。

阿川弘之は、大ベストセラー『聞く力』の阿川佐和子のお父さんだ。「雲の墓標」が出世作だが、後年には「山本五十六《いそろく》」「米内《よない》光政」「井上成美」などの伝記文学を書いた。

吉行淳之介は「驟雨《しゅうう》」が出世作の、一生性と生の問題を書いた作家だ。対談の名人であり、銀座のバーでいちばんモテた男だった。作品としては「砂の上の植物群」「技巧的生活」「暗室」など、高く評価されるものが多い。

私の師匠だった半村良《はんむらりょう》さんが、ある時私に「吉行淳之介の『鞄《かばん》の中身』という短編集を買ってきてくれ」と言ったことがある。なぜですか、ときくと、「あんなに評判がよくて、短編小説のお手本のように素晴らしいって言われている小説は、どんなものなのか読んでみたいんだけど、自分で買いに行くのは、半村良も吉行淳之介を研究するのか、と思われそうでいやなんだ」ということであった。

とにかく吉行淳之介は、冷静な目で男女の性のことを書き、人間の奥底の不気味なものを見つめている作家だった。そして一方で余裕の達人で、めちゃめちゃモテるのである。軽い読み物も数多く書いた。

さて最後の一人が遠藤周作だ。出世作は「白い人」「黄色い人」。遠藤はカトリックの信者であり、日本の精神風土にキリスト教が真に根をおろしうるか、という問いを終生考え続けた人であり、「海と毒薬」「沈黙」の二作は特にその問題と真正面から取り組んだ代表作だ。「沈黙」は、徳川時代に、踏絵を踏んで転んでしまう「転びキリシタン」の問題を、人間の弱さとイエス・キリストによる神の恩寵《おんちょう》との問題として追求した作品だ。

しかし、そういうお硬い遠藤周作のほかに、狐狸庵《こりあん》先生という、ふざけて遊びまくる遠藤がいたことも忘れてはならないだろう。ビートルズの日本公演を見に行き、作家たちの芝居のグループを作り、「狐狸庵閑話」(こりゃ、あかんわ、にかけてある)という戯文《ざれぶみ》を書くおもしろ先生でもあったのである。

時代小説家の柴田錬三郎は、遠藤がある原稿に「一天にわかに晴れあがり」と書いたことを終生笑いものにしていた。

第三の新人たちは、私にしてみれば目の前にいる小説家たちだった。私には、時代の中の流行作家たちを追いかけるのをいやがるあまのじゃくなところがあり、芥川、谷崎は読むが第三の新人なんかとつきあえるか、と考えていたので、あまり読んでいない。しかしそれでも、自然に時代の文学の方向性は感じ取っていたのである。

華々しいスター作家たちの活躍

石原慎太郎が「太陽の季節」で芥川賞をとったのは昭和三十年のことである。それは文学界のワクを超えた大きな社会的事件であった。まず、同人雑誌での修業をせずに新人賞に応募という形で新人が出てきたことが珍しかった。そして「太陽の季節」は、有産階級の青年のニヒリズムと性を描いている。古い価値観で見れば無軌道な若者の社会への挑戦をテーマとしていて、不良の文学だと批難する保守派もいた。しかし、圧倒的に新しいという価値もあった。その小説自体が、社会現象だったのである。この小説から「太陽族」という流行語が生まれ、慎太郎刈り、というヘアスタイルがはやり、みんな、眉をひそめつつも注目するという具合だった。その上に、作者の弟である石原裕次郎が兄の小説を映画化した作品でデビューし、大スターになったのだ。社会現象として、大いに世を騒がせたという点において、画期的だった。スターの出現というふうにデビューした作家は石原慎太郎のほかにいないのではないか。

後世の我々は老政治家としての石原を知っているので、タカ派の爺さんだなあ、と思ってしまうのだが、かつては文学界のスターであったことの意味は大きい。

しかし、冷静に考えてみて、「太陽の季節」の文学的価値はどのくらいのものなのであろうか。もちろん最初の衝撃性は大きかったが、十年、二十年とたってみると、あれは単に社会現象だったのか、というような気もするのである。

昭和三十三年に『飼育』で芥川賞をとったのが大江健三郎である。東大在学中に東大新聞の懸賞小説に入選してデビューしたという話題性があり、注目の新人だった。

ところが、私は大江に関してはひょんなことから、あまり関心を寄せなかったのである。

私が谷崎潤一郎を愛好していることは、これまでの記述でなんとなくわかっているだろうが、その谷崎の晩年のエッセイで、大江健三郎の文章はひどすぎる、という内容のものを読んでしまい、それなら読まないようにしよう、と思ってしまったのだ。今思えば、愚かな判断をしたものである。老人が若い人を叱る文章を読んで、老人の側についてしまい若さの挑戦のほうを切り捨てた、というのが大失敗である。大江はどんどん意欲的な作品を発表していき、ついにはノーベル文学賞までとるというのに、私は見逃していたのだ。

そして、私もいい年になってから、大江の代表作のひとつである「万延元年《まんえん》のフットボール」を読んで、こんなに面白い小説を書く人だったのか、とぶっとばされた。

それでようやく、この大作家に目を向けたわけだが、そうしてみて気がついたことがある。

大江の小説は大いに寓話的であり、奇妙なヴィジョンに満ち満ちているのだが、その原形のところに古里《ふるさと》意識というか、生まれた村へ立ち返ろう、というようなイメージがある。

そして、「個人的な体験」で障害児の長男を育てるという主題が出てきたり、その障害児が二十年後に成人していくさまを「新しい人よ眼ざめよ」に書いたりして、極めて個人的なのだ。

つまり、ものすごくデフォルメされていてきらびやかなフィクションのように見える作品たちだが、それは基本的に私小説であるらしい。それで、なるほどこれは世界に通りバージョンを大江は書いているのらしい。私小説のびっくり用する形で語られた、日本独自の私小説なのか、と思った次第である。

さて、昭和四十一年の「笹まくら」で注目を集めたのが丸谷才一《まるやさいいち》である。「年の残り」「横しぐれ」などの中短編で大いに評価されたあと、長編「たった一人の反乱」によって丸谷は偉大な小説家になった。丸谷は一方ではジェイムズ・ジョイスの研究者で「ユリシーズ」の翻訳というような大きな仕事もしているのだが、小説家としても日本には珍しい知性派作家としてそびえ立ったのだ。

「裏声で歌へ君が代」「女ざかり」「輝く日の宮」といった作品には、知的貴族性と、ユーモアがあるところが特徴だ。純文学にもユーモアがあっていいじゃないか、と言っているような丸谷の余裕の仕事ぶりは、私の大いに憧れるところである。

丸谷が「女ざかり」を書きあげた直後、私は食事をご一緒したことがある（ほんの少しおつきあいがあったのだ）。

「大変だったよ」と言うので、私は「どんな小説を書いたんですか」ときいた。そうしたら、こんな返事だった。

「むちゃくちゃなものが書けてしまったのよ」

それを、とても嬉しそうにおっしゃった。

つまり、たがが外れているくらいにユーモアのあるものが書けてしまったという、満足の声だったのだ。

丸谷才一は知的文化人としての仕事も大いにした。「忠臣蔵とは何か」のような、日本の文化の語り部のような仕事もしたのだ。そういう意味では、司馬遼太郎と並ぶもう一人の日本文化のリーダーだったのだと思う。文化勲章まできっちりとって、大往生をなされた。

直木賞作家の重要な仕事

さてここで、芥川賞系の作家ではなく、直木賞系の作家で、その存在価値の高い人を見ていくことにしよう。一般的には、純文学が芥川賞、大衆文学が直木賞と認識されているのだが、スタートが直木賞ではあっても、その後文学的に大きな仕事をした作家がいるのだ。

その一人が、野坂昭如《あきゆき》だと思う。「火垂《ほた》るの墓」と「アメリカひじき」によって直木賞をとった野坂だが、それより前に「エロ事師たち」で文学的に注目を集めていた。

焼跡闇市派を自称するプレイボーイ野坂を演じていながら、野坂の文学的土壌はものすごくしっかりしている。改行なしの、古文のような文体も、庶民の力を表現するのにとても有効だ。

「骨餓身峠死人葛《ほねがみとうげほとけかずら》」は鬼気せまるくらいの秀作である。

「火垂るの墓」は、アニメ版だけで知っているのではなく、ぜひ原作を読んでほしい。あの、切れ目なくどこまでも続く文体で、戦時下の悲劇を読んでいくと、その文章が読経の声のような気がしてくるのだ。これが書けただけでも日本文学史に残る、と私は思っているのだが。

次に、井上ひさしも直木賞でスタートした人だが、日本文学史に大きな足跡を残している。ただし、井上ひさしは私の世代にとっては、小説家の前に、NHKの人形劇「ひょっこりひょうたん島」の脚本家だった人だ。「手鎖心中《てぐさりしんじゅう》」で直木賞をとったが、劇作家として「しみじみ日本・乃木大将」「頭痛肩こり樋口一葉」「父と暮せば」など、数えきれないぐらいの作品があり、小説のほうでも「吉里吉里人《きりきりじん》」「四千万歩の男」「一週間」など名作が多い。

井上ひさしとは、言葉遊びの作家なのだろうか、と私は考えていたのだが、ある時丸谷才一のスピーチをきいて考えを改めた。次のような内容のスピーチだったのである。

「日本文学は伝統的に、実験的に新しい方向を模索する文学と、私小説と、プロレタリア文学という三本柱でやってきているのだが、今、実験的な文学をやっているのが村上春樹であり、私小説をやっているのが大江健三郎であり、プロレタリア文学をやっているのが井上ひさしなのです」

あれは実によくわかったなあ。そうか、だから小林多喜二の戯曲を書くのか、と納得できた。つまり井上ひさしは、社会の下部から上部のほうをからかい、ひきずりおろす文学をやっていたのだ。いつの間にか日本文学界を担うぐらいの大物になっていた書きすぎの作家、それが井上ひさしである。

直木賞組の三人目に、田中小実昌《こみまさ》のことを考えよう。私にとって田中小実昌は初め、海外ミステリーの翻訳家だった。軽いハードボイルド・タッチの小説なら、コミさんの訳がいちばんうまいな、と高校生にも知れ渡っていたのである。

それが小説を書くようになって、「浪曲《ろうきょく》師朝日丸の話」と「ミミのこと」で直木賞をとった。そうしたらなんと、小実昌さんは実に不思議につぶやき続けるような文章を書く人だということがわかった。そして、断定的にしゃべるというのはインチキで、真実はつぶやくようにしか語れない、という信念を持ったものすごく風変わりな作家だとわかったのである。

短編集「ポロポロ」が代表作であろう。言葉にならない心のさけび、つぶやきで〝ポロポロ〟と説教する牧師の父の姿を描き、中国戦線の体験をもとに、言葉、物語の本質を鋭く問う問題作だ。

この小説を読んで感じるのは、小説にしたくないな、という田中小実昌の抵抗感である。たとえば、中国で戦争を体験した。だがその体験を、ことさら悲惨なように書けば、それは小説になってしまって、ありのままとは違ってしまう。だから決めつけるようには書けないのだ。ただ、ポロポロとつぶやいて、ほんとのことはどこにあるんだろうね、というふうに言う。小説なのに、小説にならないようにつぶやかれた物語、というとても変なものが「ポロポロ」だ。私はこの田中小実昌の小説への抵抗感は貴重なものだと思う。あんまり正直だと、小説はこわれてしまう、ということを伝えている小説として、「ポロポロ」はすごいのである。

さて四人目としては、色川武大《たけひろ》のことを考えてみよう。この人もまた、初めに知った時は別の人だった。阿佐田哲也の名で「麻雀放浪記」を書き、麻雀小説を確立したのだ。通俗的なピカレスク小説として、ものすごく面白く読める。

ところが、本名で文学的な小説を書くようになり、「怪しい来客簿」を書き、「離婚」で直木賞をとった。

そして、父と子の葛藤を描いた「百」や、「狂人日記」を書き、これは文学史に残るべき作品である。百歳になってもまだ権力を持っている父の存在が、子をどのように乱すかというテーマの「百」はちょっとすごい。

麻雀していても、話をしていても、突然眠ってしまうナルコレプシーという奇病にかかっていた色川武大の奇行は有名である。

私は一度、文壇バーでこの色川さんに新人さんです、と紹介されたことがあるが、その時に「ひとつだけアドバイスするね」と、次のように言われた。

「編集者に言われるままに書きまくってはいけませんよ」

残念ながらこのアドバイスには従えず、私は書きまくってしまったのだが、初対面の若い相手に、そんなアドバイスをしてくれる優しい人なんだなあ、という印象が忘れられない。

日本文学はまったく衰退していない

さて、まだまだ日本文学は続くわけだ。考えてみると、文学は衰退したとか、もう小説なんか読まれなくなったと言われて久しいのに、次々と新しい書き手が現れては仕事をしているわけで、慶賀すべきことである。文学をナメちゃいけない、というところであろうか。

新しい作家三人について考えてみよう。

村上龍が「限りなく透明に近いブルー」で注目のデビューをしたのは昭和五

十一年、村上龍が二十四歳の時である。私の感慨なんてどうでもいいことだが、あの時は複雑な思いを抱いたなあ。

村上龍の文学に対して、私は偏見を持ってはいない。才能ある若い人が、力強く出現したなあと思っただけだ。

しかし、その頃というと、私は二十九歳。作家になりたいものだともう五年くらいサラリーマンをしながらのたうちまわっていて、まだ先に何の希望も見えなかった。そんな思いでいる時に、二十四歳でヒョイとデビューしてベストセラーになる年下の人を見るのは、複雑だった。出る人は出るべくして出るのだ。私はダメかもしれない、なんて思って落ち込んでしまった。

ま、そんなムダ話はどうでもいいが、村上龍はもう完全に前の戦争とは無関係な作家だ。あえて言えば、これから起こる次の戦争への予感の中でこの日本を見ているようなところがあり、新しいのだ。「コインロッカー・ベイビーズ」「愛と幻想のファシズム」「半島を出よ」など、力強い仕事をスイスイとこなしているように見える。

同じ村上でも、村上春樹はまた別世界の作家だ。「風の歌を聴け」でデビューした村上春樹は、翻訳小説のような文体で、サブカルチャーのように身軽に、心地よい夢のような小説をつむぎ出せるのだ。「ノルウェイの森」の売れ方は昭和末期の事件のようですらあった。あの、グリーンと赤の「ノルウェイの森」上下二巻本を見て私は、「ノルウェイの森中」という小説を書いて白い表紙で売ったらどうだろう、とアホなことを考えたものだ。そうしたら「ノルウェイの森」の中巻かと思って買う人が十万人くらいいないかな、と。「世界の終りとハードボイルド・ワンダーランド」「ねじまき鳥クロニクル」「海辺のカフカ」「1Q84」「色彩を持たない多崎つくると、彼の巡礼の年」など、春樹ワールドの広がりはとどまるところを知らない。世界中で彼の小説は読まれているようで、おそるべき活躍と言うべきであろう。

それにしても「1Q84」や「色彩を持たない多崎つくると、彼の巡礼の年」などの売れ方は、文学的現象というよりは、大きな社会現象のようですらあって、こんな作家はかつていなかった、という思いにかられる。時代が彼の小説を必要としている、ということなんだろうなあ。

さて最後に、村上龍より九歳下、村上春樹より十二歳下で、「優しいサヨクのための嬉遊曲」でデビューした島田雅彦のことを考えてみよう。

芥川賞に六回落ちた、文壇で最もハンサムな島田雅彦は、今の日本文学の頼みの綱であるように私には思える。「彼岸先生」といい「無限カノン3部作」（「彗星の佳人」「美しい魂」「エトロフの恋」）といい、問いを発してそれに答える小説であり、文学の中心線から少しも外れていないという気がする。

さて、私の日本文学の行脚も、このあたりでおしまいということにしよう。ざっと見ての感想にすぎないが、日本文学は意外にもまだまだ活気を失ってはいないようで、こんなに目出たいことはないな、という気がする。考えてみれば、今日本の文化はものすごく高度なところで花開いている（それを案外、当の日本人が知らない）のであり、文学に活気があるのは当然のことなのである。

さてここで、ひとつお断りをしておく。明治以降の日本文学を語ってきて、私は樋口一葉以外の女性作家についてはほとんど何も言っていない。本当はそれはかなり異常なことなのである。女性作家の文学も価値は大きく、時として純文学に向くのは男性よりも女性のほうなんじゃないか、という気がするぐらいなのだ。だから本当は、明治以降の部分はこの倍あって、半分は女性作家の仕事について語るべきなのである。

だが私はそうしなかった。なぜかというと、女性作家の小説を私は読んでいなくて、たまに読んでもよくわからなくて、詳しくないから語れないのである。女性作家の文学については、何か別のものにあたって研究して下さい。私には荷が重すぎますので、と言って私は逃げるのである。

そんな欠落もあるのだが、とにかく私は日本文学史を私なりにコンパクトにまとめてみたわけである。この程度の分量の本だから、コンパクトすぎて、脱けているものがいっぱいあるのだが、日本文学の背骨のところだけを、強引に摑んでみたという感想だ。そして、文学は未来へも確実に継続されていくだろう、という予感を抱いている。案外日本文学って、見くびっちゃいけないものなのである。喜ぶべきことだと思っている。

第十二章

エンターテインメントも文学の華

時代小説とは何か

「古事記」から話を始めて、戦後文学とその後のスターたちまでを語ってきて、これで日本文学の重要なところはほぼ語りつくしたな、と思っていいのだろうか。もちろん頁数の関係で、取り上げることのできなかった作家はいっぱいいるのだが、最重要の大物については一応語りきった、と思っていいのかどうか。

それについて私の考えを言うと、そんなふうにいわゆる純文学の系譜だけを語る価値のあるものだとすることには、異を唱えたいのである。一般的には大衆文学などと呼ばれ、純文学より格の落ちるものとされている文芸にも、文学の全体を豊饒にする上で大きな功績があると思うからだ。そもそも落ちついて考えてみれば、江戸時代になって文学が大衆のものになっていって以来、西鶴も近松も、馬琴も一九も、大衆が大いに喜んで読んだものである。「南総里見八犬伝」などは大衆がワクワクして読んだ勧善懲悪の時代劇なのだ。「東海道中膝栗毛」は言葉遊びのナンセンス小説だ。それなのに、それらは古典だから文学だが、明治以降の時代小説やユーモア小説は大衆文学であって論じるに足りない、なんて区別するのはおかしいのである。

大衆文学、この雑談ではそのうちの時代小説と、推理小説と、ＳＦのことを考えてみるが、これらが日本の文学に添《そ》えている彩りはとても大きいと思うのだ。今風に言えばエンターテインメントだが、この系譜も日本文学の貴重な財産なのである。

そこでまず、時代小説から見てみよう。

時代小説とは何か、というのは実はなかなかの難問である。過去の時代を舞台にした物語のことをそう呼ぶのかな、と考えると、かなり幅の広いものになってしまうのだ。たとえば「南総里見八犬伝」は江戸後期に書かれているが、物語の中の時代は室町時代である。ということは江戸時代の人はあれを時代小説と思って読んだのか。それどころか、「源氏物語」でさえ、冒頭に「いづれの御時《おほんとき》にか。女御《にようご》・更衣《かうい》、あまたさぶらひ給ひけるなかに」（『源氏物語㈠』山岸徳平校注、岩波文庫より）とあって、宮中に更衣という女官がいたのは紫式部の頃から五十年から百年前のことだったのだから、当時の人々は、これは時代小説だ（藤原氏が台頭する前の時代の物語）と思って読んだはずだ、という事実がある。

しかし、「源氏物語」が時代小説だというのは、我々の感覚にはそぐわない。時代小説っていうのは、侍がチャンバラをする小説でしょう、というのが普通の感覚ではないだろうか。

この辺のことは厳密に考えようとするとややこしい話になるので、今はだいたいこんなふうに考えられているようだ、という定義を私なりに作ってみることにしよう。

時代小説とは、侍のいなくなった明治時代以降に、侍のいた時代を舞台にして書かれた小説である。主に江戸時代、戦国時代を舞台とするが、まれには源平の時代にまで遡ることもある。武士階級の物語であることが多いが、時には、町人ややくざ者が取り上げられることもある。

だいたいこの定義でいいだろう。しかし、次のように補足をつけておけばより正確だ。

大きく捉えれば時代小説に含まれるものだが、やや異質なものとして歴史小説を独立させることも可能である。これは、歴史上の実在の人物を主人公にして、その業績や運命を描くもので、歴史そのものを語ることを目的としている。古くは森鷗外の歴史物、史伝物に始まるものだが、一ジャンルとして確立したのは司馬遼太郎である。

このように歴史小説を別ジャンルとするならば、必然的に時代小説は、主に架空の人物を主人公とする娯楽小説、ということになる。

もちろん、この定義ですべてがすっきりと説明できるわけではない。たとえば、架空の主人公の娯楽小説に、歴史上の実在の人物が出てきたり、実際の事件がからんできたりして物語の奥行きを深めるなんてこともよくあるのである。

時代小説は歴史とは無関係なチャンバラ物のこと、とは言えない。逆に、実在の歴史上の偉人の、架空の青春時代を作家が創出してしまうようなケースだってあり、そうなると時代小説と歴史小説を区別することがむずかしくなる。

そんなふうに、必ずしもきっちりと別物に分けられるわけではないのだが、とりあえず最近は、時代小説と歴史小説の二本柱で考えられている、とまでは言っていいだろう。

それでは、時代小説はどのように始まったのかを考えてみよう。誰がいつ頃書いた、どの小説をもって時代小説は始まったのか。

定義からいって、明治時代以前に始まったということはありえない。明治時代以降のことを考えているのだ。

私見では、その答えは、中里介山《なかざとかいざん》の「大菩薩峠《だいぼさつとうげ》」である。

キラ星の如き時代小説家たち

中里介山（一八八五〜一九四四）が『都《みやこ》新聞』に「大菩薩峠」の連載を始めたのは一九一三年だが、その後『東京日日新聞』『大阪毎日新聞』『隣人之友』『国民新聞』『読売新聞』などに書き継ぎ、一九四一年までかけて四十一巻にまで達した。それでも未完である。主人公は机龍之助《つくえりゅうのすけ》という侍だが、その人物像が特異だ。小説の冒頭で龍之助はなんの理由もなく旅の老爺《ろうや》を斬り殺すのである。奉納試合の相手宇津木文之丞《うつきぶんのじょう》の妻から、試合に負けてくれと頼まれると手ごめにしてしまう。そして試合では文之丞を打ち殺すのだ。

つまり、机龍之助はニヒルな侍の元祖である。悪のヒーローの恐るべき妖剣《ようけん》のすご味がひしひしと伝わってくる。

最初の三巻ぐらいまでは、文之丞の弟兵馬《ひょうま》が龍之助を兄の敵《かたき》と狙ったり、龍之助が京へ出て新徴組《しんちょうぐみ》に加わる、など一応のストーリーがあるのだが、次第に登場人物も多くなり、龍之助の登場シーンは減ってきて、何がなんだかわからなくなってくる。やけに仏教思想っぽくなってくるのも難解だ。

だが、その複雑さが、これは並のチャンバラ小説ではないのだと高く評価する人を生むのだ。とにかく、机龍之助という人物像を造り出し、後の時代小説に大きな影響を及ぼした点において、圧倒的価値のある小説である。

そんなふうに、時代小説は始まった。そして多数の小説家がこの大衆文芸を守《も》り立てていくのだが、多くを語るスペースはないので重要作家だけを簡単に説明しておこう。

【白井《しらい》喬二《きょうじ》】（一八八九～一九八〇）

介山とはまったく逆に、人間の善性を信じ、楽しく朗らかな人間の物語を書いた作家である。代表作は「富士に立つ影」。時代小説の中には、人間肯定の明朗小説という一分野もあるのだが、その元祖と言うべき人である。

【国枝《くにえだ》史郎《しろう》】（一八八七～一九四三）

奇想天外な時代ロマンを綴る、いわゆる伝奇物の作家である。代表作は「蔦《つた》葛《かずら》木《き》曾桟《そのかけはし》」や「神洲纐纈城《しんしゅうこうけつじょう》」。私は半村良さんに、これ面白いから読んでごらん、と「神洲纐纈城」を借りて読んだが、とうとうその本を返さないままになってしまった。そこからもわかるように、半村さんの「妖星伝《ようせいでん》」などにこの作家の影響があることは間違いがない。

【大仏次郎《おさらぎじろう》】（一八九七〜一九七三）

「帰郷」などの作品で知られる純文学作家である一方で、鞍馬天狗《くらまてんぐ》というヒーローを生み出した時代小説家でもある。代表作「赤穂浪士《あこうろうし》」の中に出てくるスパイ役の堀田隼人《ほったはやと》で、ニヒルな青年剣士という人間像を生み出した。

【林不忘《はやしふぼう》】（一九〇〇〜三五）

牧逸馬《まきいつま》の名で現代小説を、谷譲次《たにじょうじ》の名でアメリカン・ウエスタン物を、林不忘の名で時代小説を、ひたすら書きまくった怪人作家である。林不忘の名で書いた「新版大岡政談」の中に、丹下左膳《たんげさぜん》を生み出したことは特筆すべきであろう。

【吉川英治】（一八九二〜一九六二）

「百万人の文学」を書いたと言われる国民的作家である。その仕事は三期に分けられ、第一期は「神州天馬俠《しんしゅうてんまきょう》」や「鳴門秘帖《なるとひちょう》」などの面白いだけの伝奇小説時代。第二期は「宮本武蔵」を書いた、人生の道を探る小説の時代。第三期は「新・平家物語」などで歴史のうねりを書こうとした時代だ。文句のつけようがない大作家である。

【子母沢寛《しもざわかん》】（一八九二〜一九六八）
処女作の「新選組始末記」で成功して、大衆文芸の担い手となった。代表作は勝小吉《かつこきち》、海舟《かいしゅう》の親子を描いた「父子鷹《おやこだか》」「おとこ鷹」である。江戸っ子の心意気を美しく書くことに優れていた。

【佐々木味津三《ささきみつぞう》】（一八九六〜一九三四）
二つの代表作で、大衆文芸の人気作家になった。それは、「右門捕物帖」と「旗本退屈男」である。

【直木三十五《なおきさんじゅうご》】（一八九一〜一九三四）
菊池寛《きくちかん》の友人であったせいで、今も直木賞に名前が残っている作家だ。直木の功績は時代小説を知識階級の人も読む気のするものに引き上げて、歴史小説に近いものにしたことである。代表作は幕末の薩摩藩のお家騒動を描く「南国太平記」。

【長谷川伸《はせがわしん》】（一八八四〜一九六三）
大衆時代小説から、歴史小説に近いものまで幅広く書いた人だが、股旅物《またたびもの》の脚本「沓掛時次郎《くつかけときじろう》」「瞼《まぶた》の母」「一本刀土俵入《いっぽんがたなどひょういり》」で長く人々に記憶される作家である。

【海音寺潮五郎《かいおんじちょうごろう》】（一九〇一〜七七）
大衆時代小説から、歴史小説まで幅広く書いた大家である。代表作は「天と地と」「西郷隆盛」であろう。

【山本周五郎】（一九〇三〜六七）
時代小説ではあるが、英雄や剣の達人を書くのではなく、下級武士の悲哀とか、江戸庶民の実情などを書き、文学的豊かさにまで近づいている作家である。代表作は「樅《もみ》ノ木は残った」「赤ひげ診療譚《しんりようたん》」「青べか物語」であろうが、「よじょう」「ちいさこべ」などの短編も情感に富んだ味わいを持っている。

【柴田錬三郎《しばたれんざぶろう》】（一九一七〜七八）
言うまでもなく、机龍之助の系統のニヒルなヒーロー眠狂四郎《ねむりきょうしろう》の生みの親である。戦後の剣豪小説ブームの立役者だ。ほかに「赤い影法師《かげぼうし》」「運命峠」などが代表作であろうか。

【五味康祐《ごみやすすけ》】（一九二一〜八〇）
「喪神《そうしん》」で芥川賞をとって文壇に出たが、剣豪小説家として活躍した。かと思うと「一刀斎は背番号6」というような剣豪野球小説も書くという怪人である。代表作は「柳生武芸帳《やぎゅうぶげいちょう》」であろうが、この長編小説は話があまりにも分裂していて収拾がついてないことで有名である。

【司馬遼太郎】（一九二三〜九六）

歴史小説を完全に確立した国民作家である。司馬遼太郎は、作家としてのスタート時点では「梟《ふくろう》の城」「風神の門」といった、忍者物の時代小説を書いていた。ところが、「竜馬がゆく」「国盗り物語」の頃から独自の歴史小説を展開するようになるのだ。だんだんに日本のあり方を考える文化人のような存在になり、司馬史観は知識人のよりどころのようになっていった。私の考える代表作は「坂の上の雲」「空海の風景」などだ。

まだまだこのあと、現在につながる書き手がつらなっているのだが、とりあえずここまでにしておこう。

江戸川乱歩《えどがわらんぽ》は二面性の人

では次に、推理小説の分野を見てみよう。

推理小説というのは、昭和二十一年に初めて用いられた名称で、戦前は探偵小説と呼ばれていた。なぜ戦後急に名称が変えられたかというと、昭和二十一年に発表された「当用漢字表」の中に、「偵」の字が入っていなかったので、探偵と書けなくなったからである（今の常用漢字は拘束力の弱い「使用する漢字の目安」にすぎないが、当用漢字は「使用する漢字の範囲」であって、そこに入っていない字を使うことははばかられたのだ）。

しかし、推理小説と呼ぼうが探偵小説と呼ぼうがさすものは同じである。このジャンルを創始したのは、十九世紀前半のアメリカの作家エドガー・アラン・ポーで、最初の推理小説は「モルグ街の殺人」だとするのが定説だ。

推理小説の定義としては、江戸川乱歩によるものが最もよくできている。つまり、推理小説とは「主として犯罪に関する難解な秘密が、論理的に、徐々に解かれて行く径路《けいろ》の面白さを主眼とする文学」だ。

明治時代に、探偵小説を意識して翻訳したのは黒岩涙香《くろいわるいこう》である。『万朝報《よろずちょうほう》』という新聞を主宰していた涙香は、デュマの「モンテ・クリスト伯」を「巌窟王《がんくつおう》」という題名で翻訳したりして大いに人気を博したが、デュ・ボアゴベやガボリオなどによる推理小説も翻訳して日本に紹介したのだ。人気があり、『万朝報』は発行部数をのばした。

その後、文壇でも谷崎潤一郎、佐藤春夫、芥川龍之介らが、怪奇探偵味のある小説をいくつも発表したが、それは厳密な意味での推理小説ではなかった。異常で幻想的な味を追究した小説で、論理的に謎を解いていく小説ではなかったからだ。

その意味で、日本に初めて推理小説をもたらした作家は江戸川乱歩（一八九四～一九六五）である。

乱歩は一九二三年に「二銭銅貨」を発表してデビューした。これは、暗号トリックを用いた知的なゲームのような小説で、推理小説の大きな可能性を感じさせた。次いで「心理試験」では、精神分析の手法で推理をするという新しい方向性を打ち出した。また「D坂の殺人事件」では、探偵役に明智小五郎《あけちこごろう》を生み出して、さらに注目されていく。

「屋根裏の散歩者」「人間椅子《にんげんいす》」では卓抜な着想で読者を驚かせ、「パノラマ島奇談」では猟奇性《りようきせい》と幻想の恐怖を展開した。

つまり、乱歩の小説には論理的に成り立っている本格物と、怪奇な雰囲気でサスペンスのある変格物とがあるのだ。言ってみれば乱歩は二面性のある作家だったのである。

乱歩は、論理的推理で謎を知的に解いていくという、本格推理小説をめざしていた。推理小説とはそういうものでなければいけない、という信念も持っていた。

ところが、そういう推理小説はそうそう量産できるものではない。本格だけでは行きづまるのだ。

すると、乱歩の中のもう一面が頭をもたげる。乱歩には、奇妙なもの、異常なもの、怪奇なものを喜ぶ資質もあって、恐怖と神秘の変格小説も書けてしまうのだ。大きなソファの中に男が入っているとか、屋根裏をはいまわって他人の生活をのぞき見している男が殺人事件をおこすとか、百メートル走のゴールのテープが実は鋭利なナイフで、ゴールした人間がスパッと二つに切れてしまうというような、ヘンテコな話を書くのである。それどころか乱歩は「蜘蛛《く も》男《おとこ》」とか「黄金仮面」というような、スリルとサスペンスに満ちた通俗長編も書いてしまう。怪盗がわははは、と笑いながら消えてしまうといった調子の小説だ。

そして乱歩は、そういう通俗物もうまいのだ。語り口に味があって、ワクワクして読んでしまうものになっている。

そういうわけで、本当は本格推理小説こそ価値があると思っている乱歩なのに、ウケ狙いの通俗物も書けてしまい、そっちのほうが評判がよかったりするのだ。

乱歩は通俗物を書いては、自己嫌悪になり立ち直れないほど落ち込むのだった。休筆宣言をして放浪の旅に出てしまい、消息を絶ってしまうことさえあった。

しかし、乱歩にその二面性があったからこそ日本の推理小説が、本格物と変格物の二つに分かれたのかもしれない。乱歩の切り拓いたのはそういう二つの道だったのだ。

乱歩の小説の最高傑作は、自分の異常趣味と、本格好きを融合させた「陰《いん》獣《じゅう》」ではないだろうか、というのが私の意見だ。

さて、乱歩以後の日本の推理小説界を、駆《か》け足で見てみよう。

まず、本格派は甲賀三郎《こうがさぶろう》（「姿なき怪盗」）、角田喜久雄《つのだきくお》（「高木家の惨劇《さんげき》」）、浜尾四郎（「殺人鬼」）など。

犯罪物と分類されるのが、大下宇陀児《おおしたうだる》（「蛭川博士《ひるかわはかせ》」）、夢野久作《ゆめのきゅうさく》（「ドグラ・マグラ」）、小栗虫太郎《おぐりむしたろう》（「黒死館殺人事件《こくしかんさつじんじけん》」）、久生十蘭《ひさおじゅうらん》（「魔都」）などであるが、人気作家の横溝正史《よこみぞせいし》もここに入れるべきであろう。横溝は戦前に「蔵の中」や「真珠郎《しんじゅろう》」があり、「人形《にんぎょう》佐七《さしち》捕物帳」もあるのだが、戦後になって名探偵金田一耕助を生み出し、「蝶々《ちょうちょう》殺人事件」「獄門島《ごくもんとう》」「八つ墓村」などのヒット作を連作した。

昭和初期に出現した作家には木々高太郎《きぎたかたろう》（「折蘆《おれあし》」）がいる。

そして戦後になると、高木彬光《たかぎあきみつ》（「刺青《しせい》殺人事件」）、鮎川哲也《あゆかわてつや》（「黒いトランク」）、土屋隆夫（「影の告発」）、山田風太郎（「誰にもできる殺人」）、大坪砂男《おおつぼすなお》（「天狗《てんぐ》」）、日影丈吉《ひかげじょうきち》（「内部の真実」）など、続々と人材が登場するのだが、ここでは松本清張《まつもとせいちょう》の出現までを語ることにしよう。

松本清張（一九〇九〜九二）は、新聞社に勤めて広告のデザインをしていたが、四十歳をすぎてから『週刊朝日』の懸賞小説に応募し、「西郷札」が入選して作家になった。「或る『小倉日記』伝」で芥川賞を受賞したが、「張込み」「顔」の短編で推理小説に転じた。

清張は、社会派推理小説というものを確立したことでもって偉大である。すなわち、謎に満ちた怪事件を論理的推理で解くことが主眼の本格物とは違って、犯罪の背後にある社会のゆがみや、人間の欲望を、さらけ出してみせたのだ。超人的ではない素人探偵が、じっくりと解き明かしていくのは、犯罪の動機なのだ。社会問題としての犯罪にメスが入れられる、と言ってもいい。

清張の出現により、推理小説は広く大人の読者の読みうるものになった。「点と線」「眼の壁」「ゼロの焦点」「けものみち」「Dの複合」などが代表作であろう。

SFの始まりと大きな広がり

では最後にSFについて考えてみよう。

SFはサイエンス・フィクションの略語で、空想科学小説と訳されたりするものだが、その言葉を考え出したのはアメリカのSF雑誌『アメイジング・ストーリーズ』を創刊したヒューゴー・ガーンズバックである。もともとは、科学が約束する素晴らしい未来を描いた小説、というような意味だった。

しかし、これを人間の空想力が生み出す幻想の文学、と考えてみれば、古代人の神話や民話にたどりついてしまう。たとえば日本の「竹取物語」は竹から生まれた姫が月へ帰るという、異星人の変身物だし、「今昔物語」には異世界の幻想譚の味わいがある。そこまで遡るのは無理があるとしても、江戸後期の平賀源内の「風流志道軒伝《ふうりゅうしどうけんでん》」は、「ガリヴァー旅行記」によく似た異世界探訪記であって、原始のSFと言えるような気もするのである。

しかし、狭く考えるならば、SFにはやはり科学的論理性が欠かせない、ということになるだろう。そういう意味のSFは、日本ではどう始まったのか。

明治の初めに日本でちょっとしたSFブームがあった。明治十年代に、イギリスのH・G・ウェルズやフランスのジュール・ヴェルヌの作品が翻訳され紹介されたのだ。その影響を受けて、日本人作家によって未来小説がいくつか書かれた。

しかし、自然主義文学が興ると未来小説のブームは去る。ただ、そんな中で押川春浪《おしかわしゅんろう》（一八七六〜一九一四）だけは異質である。日本の軍国調気分を背景にした、未来冒険小説とも言うべき「海島《かいとう》冒険奇譚　海底軍艦」を発表しているのだ。これは、海底を航行することができ、船首にはドリルがついている、という未来戦艦を描くものであった。SF前史として、忘れてはならない作家である。

昭和初期に出現した作家では、海野十三《うんのじゅうざ》（一八九七〜一九四九）が、もともとは科学的なトリックの推理小説からスタートして、後にSFを意欲的に執筆した。「十八時の音楽浴」「地球盗難」「火星兵団」などが代表作だ。

だが、日本の本格的なＳＦは、戦後になるまで待たねばならない。戦後、海外ＳＦが本格的に紹介されるようになってきて、ようやくその新しい文学に注目が集まるようになってくるのだ。そういう影響のもとで、埴谷雄高《はにやゆたか》、三島由紀夫、安部公房《あべこうぼう》、大江健三郎らの純文学作家が、ＳＦを意識した作品を書いたりしていた。

そうした中、一九五六年に「日本空飛ぶ円盤《えんばん》研究会」という素人のサークルができて、その会員の中に星新一と柴野拓美《しばのたくみ》がいたのだ。

柴野拓美はその翌年、日本初のＳＦ同人雑誌『宇宙塵《うちゆうじん》』を創刊する。すると、その第二号に載った「セキストラ」で、星新一が商業誌デビューをはたすのだ。星は日本初の本格ＳＦ作家となった。そしてその後も『宇宙塵』はＳＦ作家をめざす者の登龍門であり続け、ほとんどの日本人ＳＦ作家はこの同人雑誌を経由してプロ作家になっていったのである。そういう意味で、柴野拓美は日本ＳＦの母のような人物だと私は思っている。

さてその次に、日本で最初の本格的なＳＦ専門誌が出現したのが一九五九年だ。福島正実《ふくしままさみ》が初代編集長を務めた『Ｓ-Ｆマガジン』である。この雑誌の出現によって、日本で本格的にＳＦというジャンルが確立されたと言ってもいいだろう。星新一をはじめとし、小松左京、光瀬龍《みつせりゅう》、筒井康隆、半村良、眉村《まゆむら》卓《たく》、平井和正、豊田有恒《とよたありつね》、矢野徹《てつ》などの作家が、大いに活躍するようになるのである。

福島正実はSFを新しい文学だと信じ、そのようなものに育てていくことを心から望んでいた人であった。文学性の低い通俗SFを許さず、自分の見すえる方向の小説しか認めないところがあった。だから初期のSF作家の中には、福島に冷たくされたと感じている人もいるはずである(私の師匠の半村さんも、福島さんは偉大なんだけど、人間として間口《まぐち》が狭いんだよね、と恨み言めいたことを言っていた)。そういう意味では、毀誉褒貶《きよほうへん》ともにある人である。

だが、福島さんが通俗はまかりならんと一人で頑張っていたおかげで、日本SFはかなり真面目なスタートを切ることができた、というのは一面の事実だと思う。それがあったからこそ、ずっと後には多彩なものとして花開いたのではないだろうか。そういう意味で、福島正実は日本SFの父だったなと、私は思っているのである。

柴野拓美という優しい母と、福島正実という厳しい父によって、日本SFは育てられてきたように思えるのだ。

星新一（「ボッコちゃん」「おーいでてこーい」）、小松左京（「果しなき流れの果に」「日本沈没」）、光瀬龍（「百億の昼と千億の夜」）、筒井康隆（もう、何を代表作と言えばいいのかわからないほどの、文壇の重鎮《じゅうちん》である。「ベトナム観光公社」「48億の妄想」「虚航船団」「家族八景」）、半村良（「妖星伝」「産霊山秘録《むすびのやまひろく》」）などなど、多才な書き手がめじろおしで、名作が無数にあるのである。

現在のSF状況に私はあまり詳しくないのだが、ありとあらゆる傾向に拡大して、新しい文学として定着しているようである。

それから、こういうことも思う。ここ三十年ばかり、SFはSFの専門作家のものではなくなってきていて、純文学の作家たちが、どんどんSFの手法で書くようになっているのだ。大江健三郎、村上春樹、村上龍、高橋源一郎、笙野頼子《しょうのよりこ》などなど、手法はさまざまだが、時の流れが狂ったり、異形《いぎょう》のものが出てきたりと、SF的手法を自在に使って文学を活気づけているように思えるのである。

SFは空想科学小説だけではなくて、思弁的な小説のことだったのか、という気がするほどである。

＊　＊　＊

さて、エンターテインメントにも目を通したところで、この、日本文学をめぐる雑談をひとまず終えることにしよう。まえがきにも書いたが、こんな分量で日本文学史をきっちりとまとめることは不可能なのだが、私としては、世界的に見て日本文学とはどのくらいのものなんだろう、という視点を常に意識していた。

それから、本書の中にはパロディへの言及がしばしば出てくる。「好色一代男」は「源氏物語」のパロディであるとか、「太平記」の中の話が江戸時代の歌舞伎になっていくとか。私がここで言うパロディとは、その原義の「既にある文学作品の文体や、語句や、テーマなどを誇張して模倣することにより、権威を引きはがしたり、皮肉を投げかけたりして、少し毒のあるユーモアをかもし出す手法」という意味をもう少し拡大させたものだ。つまり、先行作品への尊敬や敬愛から模倣をしたくなったり、知らず知らずのうちに影響を受けたりすることはよくあることで、言い方を替えれば、文学というものは先行作品からの継承で生まれてくるものだと思うのである。そのことを、文学史はパロディでつながっている、と考えてみたのだ。

そして意外にも、日本文学が外国文学とつながっていることもある。つながっていない場合もある。そんな視点で日本文学を見てみたのだ。

日本文学の優れた特質と、どこかにあるもどかしさとが、少しは書けたかなと思っている。

本書は、二〇〇九年七月にPHP研究所より刊行された『身もフタもない日本文学史』を改題し、加筆・修正したものである。

著者紹介

清水義範（しみず　よしのり）

1947年生まれ。愛知教育大学卒業。『蕎麦ときしめん』『永遠のジャック＆ベティ』（以上、講談社文庫）などでパスティーシュの手法を用いて話題になる。1988年『国語入試問題必勝法』（講談社文庫）で吉川英治文学新人賞を受賞。
著書に『考えすぎた人』（新潮社）、『おもしろくても理科』（講談社文庫）、『普及版　日本文学全集〈第一集・第二集〉』（集英社文庫）、『大人のための文章教室』（講談社現代新書）、『早わかり世界の文学』（ちくま新書）、『清水義範パスティーシュ100（全６冊）』（ちくま文庫）、『ああ知らなんだこんな世界史』（朝日文庫）など多数。

ＰＨＰ文庫　学校では教えてくれない日本文学史

2013年９月17日　第１版第１刷

著　者　清　水　義　範
発行者　小　林　成　彦
発行所　株式会社ＰＨＰ研究所
東京本部　〒102-8331　千代田区一番町21
文庫出版部　☎03-3239-6259（編集）
普及一部　☎03-3239-6233（販売）
京都本部　〒601-8411　京都市南区西九条北ノ内町11
PHP INTERFACE　http://www.php.co.jp/
組　版　朝日メディアインターナショナル株式会社
印刷所
製本所　図書印刷株式会社

ISBN978-4-569-76077-3